不再獨自悲傷的夜晚

さきちゃんたちの夜

吉本芭娜娜

劉子倩——譯

目次

海綿

「久未聯絡，結果劈頭就問這個，想必妳會覺得我很不識相，但我還是想問一下。早紀，高崎家的鑰匙，已經不在妳手上了，是嗎？」

驟然接到飯岡君電話的瞬間，我確實很不高興。彷彿腳下出現一灘爛泥沼，大力把我拖下去。

「幹嘛？」

我說。

丈夫正在對面房間看電視。搞笑綜藝節目那種歡樂的、而且粗暴霸道改變室內氣氛的聲音，忽然聽來好遙遠。直到剛才那刻，那個聲音本來應該還是我生活的一部分，為何現在變得如此疏離？

是高崎君身上那種拒人於千里之外的獨特氛圍，倏然滲入房間之故。

「不是啦，因為我聯絡不到他，有點擔心。」

飯岡君說。

「我怕他該不會死在屋裡了。」

「怎麼可能！他還住在那個老地方？不是已經有錢了？」

我驚愕地說。

高崎君的住處，是離中目黑很近的老公寓。

室內有二坪多與三坪房間各一間，沒有浴缸，只有淋浴間。好笑的是居然還號稱有廁所，因為一眼就看得出那是後來胡亂增設的，整間屋子只有淋浴設備與馬桶一體成形的小空間特別嶄新。

我曾在那裡的窗口眺望目黑川的櫻花。擦地板，煮飯，坐在電腦前把他的手寫稿打字建檔，有時也在那裡入睡，然後醒來。經常日夜顛倒將近中午才起來，獨自在河邊散步。一邊癡心想著若時光就此停駐該有多好，一邊漫步走去「COWBOOKS」書店，站在書架前瀏覽超越時代的好書，啜飲熱咖啡。每一瞬間的每個粒子都被塞得滿滿的顯得格外光輝、美好。

聽到高崎君的名字，我定定凝視平日就如迷霧籠罩他全身的那種氛圍，那種厚度，再次感到他深不可測的能量。當日他停筆時，失望的我，是靠著對丈夫的愛意才勉強熬過來。

「嗯，到上個月為止他的確還住在那裡。」

飯岡君說。

「這麼久沒消息，是少見的情形。我怕他會不會掛了。」

「那你要不要委託房東或房屋仲介人員看看呢？」

我說。

「那樣做才合理，別忘了，我結婚了。已經是不相干的外人。」

「當初那個早紀，居然會說出這種話？」

飯岡君悲哀地說。他的聲音聽起來毫無怒氣，只有悲傷。

我也很悲傷。

能夠在不知不覺中賭上一切投入某件事物，當然再好不過。但是，如果為此弄壞身體，搞得精疲力盡，甚至完全失去自己的人生，變得終日忐忑不安，那樣是錯的，也不可能長久。

我曾經很尊敬很崇拜高崎君，卻沒愛過他。愛，是和此刻在那邊看電視的人才會做的事。只要和那人在一起，就會不可思議地源源不斷湧現活下去的力量。而高崎君只會讓我擔心。我擔心他，過於重視他的存在，努力試圖幫他，甚至忘了自己。

我不知道飯岡君怎麼看待當時的我，但可以確定他至今仍把我當成一起支持高崎君的好夥伴。

「說得也是，對不起。高崎已經欠了一個月房租，如果他平安無事，我怕反而會起糾紛，所以本來打算盡量不驚動房東與房屋仲介商，自己解決，不過仔細想想，我們共事的確已是好幾年前的往事了。對不起。」

飯岡君說。

「鑰匙我有，在我這裡。你來拿吧。」

我說。

我內在的另一個人擅自開口。當年把青春全然賭注在高崎身上的那個我。

「謝了。」

飯岡君在電話彼端語帶哽咽。

我在心底用力決定我不會後悔，把現在的住址告訴他後就掛斷電話。要做就做到底。絕不逃避。我如此決定。

回到客廳，丈夫說：

「早紀，妳是不是在工作上又想胡鬧了？」

我連忙說：

「沒有啊，哪有。」

「看妳的表情就知道。」

丈夫說，沒有再進一步追問。

他就是這種人。即便再怎麼擔心，平日生活也不會囉哩囉嗦。只是決定待在那裡，就在那裡了。那是我最愛他的地方。

他只說了一句：

「現在，妳可是多了一個小生命，不要太拼命。」

我默默點頭。

我幾乎毫無害喜的症狀，所以一如既往懶散度日，不知不覺已經懷孕六個月了。肚子裡的寶寶據說是女孩。最近，丈夫的背影突然變成「父親」的模樣把我嚇了一跳。不再是夫妻對等的世界，另一人早已存在於我們之間。他也已經完全做好準備要保護自己內心的兩個女人。

正當我決定效法丈夫老實改變之際，就接到了這通電話。

好，有意思。是要考驗我嗎？那就等著瞧。我心想。

我任職的是小出版社所以正常情況下不可能調離書籍編輯部，因此現在，無論是高崎君停筆或是我要請產假，我照樣還是他的責任編輯。

如今，只有偶爾增印或出版文庫本或搬上舞台公演或辦理電影原作版權手續才會找上我，不過高崎君的責任編輯畢竟還是我，如果我真的說聲不知道高崎君的下落就晾在一旁自己逍遙恐怕說不過去，況且由我出面也是名正言順。

「哇，妳怎麼成了大肚婆！」

飯岡君站在我家玄關劈頭就說。

「不好意思，真的很抱歉。我馬上走。妳把鑰匙給我就好。」

「別這麼說，先進來坐一下。我正打算去公司露個臉，待會可以順路送你去車站。」

我說。

「妳要自己開車？不好吧？」

飯岡君說。

「反正就在附近，況且現在月份還早。」

我說著，去了廚房。由於丈夫的關係，我家到處都是看似破銅爛鐵的東西，無論是架子或放微波爐的台子，都是丈夫自己做的，洋溢古怪風情。

「妳家好像遊樂園。」

飯岡君笑言。

「因為我嫁給怪咖。」

我說。

「我記得他是個雕刻家？還是陶藝家？」

「雕刻。他經常替車站前創作古怪的雕像。還為了替外國人的住家院子做雕塑滯居海外，反正是很奇怪的工作。收入也時有時無。還滿好玩的喔。雖說也不能光顧著好玩，不過反正我們夫妻倆都工作賺錢，生活好歹還過得去。這間屋子是他叔叔的，低價出租給我們。所以，我的心態很平和，你說甚麼都不打緊。」

我說。

「飯岡君你現在單身？」

「不，不是單身。和高崎大概是孽緣吧，還在一起。」

「原來如此，那我就安心了。」

我說。真的鬆了一口氣。原來並不是所有東西都消失了，還是有甚麼維持下來啊，我暗想。

「他一旦進入休筆期，對我的熱度好像也倏然減退，變得很像是朋友。」

飯岡君是同性戀，當年就是高崎君的戀人。

「結果妳瞧，他真是一點也不讓人安心。雖說一星期只見一面，但他幹嘛不跟我說一聲就突然消失？」

「也是啦。……不過重點是，你為什麼沒有他家鑰匙？」

我問。

「我嫌麻煩，每次去他家，都是用塞在花盆底下的鑰匙。可是，他失聯一陣子後，我去他家一看，鑰匙不見了。」

他說。

「怎麼回事？」

我說。

「不知道。」

他沉著臉說。高崎君雖有藝術家氣質但個性很細心，實在難以想像他會不跟戀人說一聲就猝然消失。我暗忖，或許真的出了甚麼事。

「飯岡君，你不敢去吧？要不我陪你一起去？」

我說。

「不行啦，對胎教不好。」

飯岡君認真說。

「沒事，這孩子是我的孩子，絕對夠堅強。」

我說。
「妳現在不是要去公司？」
飯岡君說。
「只要打個電話說我肚子痛要去醫院，今天在家工作，就沒問題了。」
我微笑。
「……那就謝謝啦。」
飯岡君說。
飯岡君其實膽子很小，很可愛。一看到他的臉，我就覺得他突然打電話來撒嬌都不算甚麼了。我很懷念他。懷念當初天天一起吃飯，在河邊長椅並肩坐下喝咖啡聊天的日子。懷念他打盹的睡臉宛如孩童。與高崎君、飯岡君共度的時光霎時之間鋪天蓋地而來猶如一場煙火慶典。
「我們是朋友嘛。」
我說。
高崎君有種奇妙的能力，能夠隨口猜中各種人的各種狀況，一旦開始寫文章便如神明附體停不下來，這樣寫成的三本書在當時賣得超好。

剛做編輯時，透過本就是朋友的飯岡君居中介紹，看了他的文章。

那個非散文非小說的世界，和昔日風靡一時的《精神能量經濟學》（DAS ENERGI，1992）這本書有點相似。刺激人心，令人顫抖，彷彿可以從另一個角度看世界。自由自在的心靈翱翔，異於日常的觀察視角，似孩童，似神明。就是那樣的隨筆。

高崎君小時候發生車禍，傷到右腿，頭部也開過刀，心臟也因此有缺陷。

小孩子康復得快，據說基本上算完全痊癒，但不可否認的是，他看起來總是臉色欠佳，像個體弱多病的人。

而他那種超凡脫俗的縹緲氣質，總讓人懷疑會不會哪天早上醒來發現他已經渾身冰冷。熱中寫作時的他，經常廢寢忘食。當時我和飯岡君總是把正在寫作的他悄悄留在隔壁房間，二人默默打掃，或者一起動腦筋烹煮容易消化的食物。

當時我也在中目黑獨居，住處距離他家走路只需五分鐘。一通電話立刻就能趕到，因此對於一起做書的熱情也日漸升高。

他的書賣得好，讓我隸屬的小出版社也獲益可觀，我的全副心神越發投注在高崎君身上，社長也大力支持，恨不得叫我豁出這條命也得拿到稿子，一再出資增援，因此那段時間我幾乎只做高崎君一個人的工作。

夜裡經常接到電話問：「要不要現在一起去吃飯？」然後相約在附近的居酒屋

會合，這種時候我獨自沿著河邊大步走向居酒屋，夜晚的空氣閃亮亮滲入肺部，星星的眨眼太美，想到自己現在能夠去見超喜歡的人真是太幸福了不禁露出笑容……這些全都歷歷在目。

當然掏腰包買單都是用出版社公款的我，也曾懷疑自己是否被利用了，但私人時間見面時，他倆會明確劃出界線，每次都會回請我（雖然只是便宜的小店）。那樣的二人就像一對教養良好的夫妻，讓我很欣賞。

「每次都讓人家破費多不好意思。」「對呀，今天我請客吧。」二人互相推讓的竊竊私語聲，令我有一點點幸福。

就算喝再多的酒或者孤男寡女共處一室也不用擔心被侵犯，所以我的心情也很輕鬆，況且想創作好書的方向性已經很明確，沒有任何人會迷路。隨著那三本書逐一完成，我們的心情結為一體。

高崎君很少接受採訪也不辦簽名會因此少有公開行程，但我過得很充實。

打電話向公司請假後，我穿上低得幾乎不能再低的低跟鞋，拎著只裝了高崎君家的鑰匙和媽媽手冊、錢包與手帕的小皮包，帶上車鑰匙，與飯岡君一起出門。

看到甚麼都無所謂，這是我自己決定的——我抱著這樣的心情。

在停車場讓他坐上我的小車副駕駛座起動出發時，飯岡君臉色慘白沉默不語。那一刻飯岡君與我之間瀰漫著濃厚的死亡氣息。高崎君的身體那麼虛弱，生活卻極不規律，就算隨時死掉都不足為奇。該不會是半夜心臟病發作吧？他好像也沒有定期去做健康檢查，難不成罹患甚麼重病？每次閃過這種念頭，高崎君在那屋子裡悄然死去的模樣便會浮現腦海。

不可思議的是我絲毫沒有罪惡感。因為高崎君本來就不是會對人撒嬌或抱持期待的人。若說他已超越了那些東西，聽起來好像宗教，但的確就是如此。他透明的雙眸不曾照見世人的行為。不知是完全看不見他人的想法與狀況，還是刻意視而不見。他向來只看得見自己當下該做的事。

所以就算他真的死了應該也沒關係……即便這麼想，我們的心中還是宛如黑暗洞窟有種潮濕的觸感，他的死亡氛圍漸漸迫近。

「妳還記得怎麼走嗎？」

飯岡君終於開口。

「嗯，我也在中目黑住過。」

我回答。從二四六號線轉入河邊道路後，路上忽然變得安靜，唯有櫻樹的剪影看似鮮明。河邊住家的窗戶伴隨生活氣息一字排開。緩緩駛過時，我想起櫻花盛開的季節。

「以前還在這兒賞過花呢。」

我說。

「每次都擠死了，一大堆路邊攤，酒錢和餐費倒是省了不少。」

飯岡君說。

「今年你也和高崎君去賞花了？」

我問。

「去了。吃烤雞肉串，喝啤酒，當時我們還說，感覺永遠年輕呢。住在這一帶，周圍都是年輕人所以心情不會老。」

飯岡君說著終於笑了。

「真好，都不會變。」

我說。

「等我生完小孩安頓好了，改天也要帶著小孩參加一下。我們繼續當好朋友吧，用異於之前的形式。如果哪天他能夠再寫本書就更好了。」

「這種話，我也跟他聊過。」

飯岡君說。

「高崎作品的熱潮已經退燒，妳雖然搬走了但還住在東京都內，生活大概也已安頓下來，所以我們還在商量要跟妳聯絡呢。高崎還說，『沒寫出書還找早紀有點不好意思，不過等我再次動筆，她應該會願意見我吧。』」

「這樣啊，那，改天一定要叫他兌現。」

我說，但死亡沉重的氣息瀰漫車內，根本沒有那種未來——內心某種晦暗的負面存在，彷彿對著我們如此囁嚅。

「欸，你有沒有想到甚麼線索？」

我說。

「再怎麼說，也不可能毫無跡象吧？」

「這純粹只是我個人的感覺啦，硬要說線索的話，只有一個。一個月前，高崎說他獨自在酒館喝酒時被女人搭訕。」

飯岡君說。

「你的意思是說他和那個女人私奔，躲到哪去了？他怎麼可能跟女人私奔！？」

我說。

「嗯——聽他講話的感覺好像對那女的也沒啥好感。」

飯岡君納悶不解。

「不過，他提到那女的時，曾經表示如果身體不健康，搞不好下次又不能寫書了，所以他想好好鍛鍊身體。當時那種感覺，讓我有點印象深刻。」

「那個女人的身體鍛鍊得很強壯嗎？」

我說。

「我記得他好像提到對方是甚麼瑜珈老師……。」

飯岡君說。

目黑川沿岸每到春天，櫻樹就會伸展枝椏覆蓋河面，粉色花瓣總是滿天飛舞落英繽紛。人們聚集在被燈光照亮的夜櫻下，露出人生只記今宵的狂熱表情凝望櫻花。

如今是初夏，青葉似螢光色散發濃郁的氣息。夏夜的味道想必很快就會充斥周遭吧。

把車停在距離高崎君住處最近的停車場，我們走過午後瀰漫遲遲暮光的河畔。不是昔日那種飛揚美妙的心情，倒像是抱著某種晦暗領悟。我害怕被迫目睹他的光輝果然只是短暫幻影。縱然心如鑽石冷硬堅強，能夠飛得很遠很遠，但在現實生活中他畢竟只是個體弱多病的肉身凡人，說不定到頭來逞強過度反而毀了自己。

河水有點汙濁，但悠悠流淌，隱約散發水的氣味。

「我唯一慶幸的就是現在不是晚間。而且，不是獨自前來。」

飯岡君說。

「對呀，二個人分擔的話包袱也比較輕。啊，其實現在這裡有三個人。」

我說著指向肚子。

「有寶寶了還叫妳來，真的很抱歉。謝謝。」

飯岡君說。

「就是因為有寶寶才能堅強。」

我說。

飯岡君和高崎君都有父母，他們也曾這樣被塞進肚子裡漸漸長大。光是想到這點，就對二人心生愛憐。

「還有，這些年斷絕音信，真的很抱歉。因為有一半時間都住在外子工作室所在的橫濱郊外，因為要生孩子才回到娘家這邊來。橫濱郊外的生活步調慢，住在那邊，時間一眨眼就過了，現在覺得自己很像浦島太郎。」

我說。

「哪裡，妳這樣做理所當然。結婚就是這樣子嘛。已經不再出書的作家，當然沒必要聯絡。說不定高崎都已經死掉了。妳其實也不想來吧？真的很抱歉，拜託妳這種事。按照常理，妳直接掛我電話就沒事了。早紀真的很有男子氣概。」

飯岡君似乎陷入反省模式，頻頻道歉。這或許也是他逃避去高崎君住處的一種方式。

「我畢竟還是他的責任編輯。」

我說。

不過站在高崎君的住處前，心情很古怪。

好像一切都倏然變得濃密，又好似在惡夢中掙扎，或者缺少氧氣。

我與飯岡君，抱著完全相同的心情，把鑰匙插進鎖孔。

那一瞬間，我痛徹了解飯岡君何以找我陪他來這裡，也只能選擇找我的心情。因為能夠抱著同樣心情站在這裡的人再無其他。昔日的我們的確走著同一條路，合作無間。

我彷彿靈魂出竅飄飄然脫離身體，自上空俯瞰二人。俯瞰在溫吞的空氣中心情異樣凝重，身體倏然僵硬的一對男女。二人在門前不自在地動著。我很想莞爾一笑拍拍二人的肩膀，告訴他們：沒事，看他們一樣緊張，光這點就很可愛，管他甚麼亂七八糟的，反正你們都已得救了。

我一如既往——雖說既往，其實已經睽違許久，像當時那樣開鎖，打開房門。

「這種時候還是我先進去吧。」

飯岡君說著，走進玄關。

我用力吞嚥口水，先聞味道。

孕婦對氣味特別敏感。

以我的偵測器——保護寶寶的能力而言，並未嗅到任何異臭。

只感到塵埃堆積的空氣，以及高崎君特有的略帶甘甜的氣味，再加上一點點霉味，如果有人死掉味道應該更可怕才對吧。

沒事，他沒死在屋裡。我確信。

「沒事啦，他沒死在屋裡。沒有臭味。」

我立刻把心裡的念頭直接說出。那個聲音如神諭低沉幽微，在室內回響。

「謝謝。」

飯岡君說著，大步走進屋內。

我也隨後跟上。

「臥室沒人，他好像不在家。也沒留下字條。」

飯岡君說。聲音總算稍微開朗些。

「手機還在座上充電，難怪他沒有跟我聯絡。那傢伙根本忘記帶手機出門了。」

如果有值得調查的場所，就只有那間看起來很廉價的浴室，因此我沒去飯岡君所在的裡屋，逕自打開浴室兼廁所的門。

地板有一團怪異的圓形茶色汙漬，霎時嚇得我差點尖叫，但我隨即想起。

那是巨大的天然海綿。

對了，這好像還是他學生時代背包旅行獨自去希臘時，在專賣海綿的店裡買回來的。

高崎君當時曾開心地描述老闆大叔用水管替層層堆疊高及牆壁的海綿澆水潤濕，一邊推銷大大小小各種海綿的樣子。

連我自己也不明白為何做出那種舉動。

明知飯岡君正走到我後方，我一邊心平氣和地說「他也沒死在浴室，只是出門不在家」，一邊卻忍不住有股衝動，頭也不回地朝海綿伸手。

有我臉孔那麼大的海綿微帶濕氣，讓我明白高崎君最後一次使用這個的時間並不久。我把臉埋進海綿嗅聞味道。有霉味，潮濕的水氣，還有香皂味。彷彿直接傳入大腦，是陌生的氣味。

八成只是電光石火的瞬間，卻把我帶回往日時光。

對了，我們談論過海綿，咦？那原來不是作夢？當時的我與高崎君偶爾不須言語也能心意相通，況且睡眠乃至各方面作息都很混亂，所以經常分不清夢境與現實。

當編輯的人，就是這麼貼近作品。工作調動後撒手離開原先負責的作家，雖是拿人薪水身不由己，但在身為一個上班族之前首先是個人，因此難免還是會暗自懊惱欲哭無淚。一起做小說的期間總是與作家心有靈犀，跟著一起失眠一起做惡夢，對方如果狀況欠佳，自己的心情也會蒙上陰影，對方如果大放異彩，自己也願意追隨到天涯海角，最重要的是，在那段期間，一個好的編輯會一起定居在作品中。就像是興奮又緊張地守在最近距離旁觀作家演出的觀眾，看著作家是否照自己的想法出擊，是否擊出全壘打……。如同仰望天文館的屋頂，我們仰望同一個世界。哪怕只是人工的星空，置身同一個夢境的期間，簡直像是自己在寫作，比作家本人還緊張。

高崎君停止寫作那時，與我結婚並減少工作的時間幾乎重疊。版稅生活的奢華令飯岡君有點發福，他們二人的關係，基本上也是在那時候有點陷入停滯。彷彿某段時期結束了，就像瓜熟蒂落，極為自然。

這三本系列作結束了所以或許不會再動筆，但現在播下種子的土壤想必有一天會再度萌芽吧——高崎君老神在在擺出這種姿態，一直以高崎君經紀人自居的飯岡君垂頭喪氣地又開始找工作上班，而我，在那天，拿著最後一冊剛剛印刷出來的樣書，來到這裡。

一切都已結束。再也沒有那種生氣蓬勃的創作氣勢，文思枯竭的高崎君說他需要充電，等他從老家九州回來再一起去吃生魚片和餃子。而我也像普通人一樣淡淡表示，等他哪天又開始動筆時，屆時還請多多關照。

當時，窗口就晾著這塊海綿，我問高崎君那是甚麼東西，他才告訴我海綿店的故事，海綿的後方可以看見櫻樹。沒開花，可見當時不是春天，那是甚麼時節呢？當時的時間熾熱混淆，好像攪成了一團。季節混亂不明。

在此度過的時光，謝謝你——我抱著這樣的虔誠念頭，含淚將樣書放在桌上。我說，等飯岡君回來你們一起看。至於宣傳，我會抱著碰運氣的打算再和你聯絡。

高崎君知道我在強忍淚水。

「是我能力有限無法繼續寫作，很抱歉。」

高崎君說。

「哪裡，別這麼說。」

我斷然表示。

「榨乾了那麼多精力，當然得好好休息。我等你。除非我被調去業務部，否則就算結了婚也不會完全辭去工作，還是會待在編輯部。你隨時喊我。」

高崎君緊緊擁抱我。是朋友的擁抱。

我也抱住他纖細的身體。如此單薄的身體虧他能擠出那麼多的構想，這裡面裝了一整個宇宙呢，我暗想。這個總是臉色欠佳，動不動就發燒，擁有偉大特殊才華的人物讓我滿心愛憐。

這時，我發現某種不一樣的東西在我倆之間霎時相通。是那種「咦？好像有哪裡不一樣」的感覺。二人不知不覺置身在古怪的漩渦中，彼此都覺得有點怪怪的。

高崎君忽然親吻我。

我有點吃驚，但是因為跟他實在太熟了，我心想，算了無所謂。區區一個吻罷了想吻就吻吧，反正我雖已訂婚但尚未嫁做人婦。

「這是我第一次和女人接吻。我或許早就愛上妳了，因為太感激妳。」

高崎君說。

「你這樣要我怎麼接話。」

我說。

「要不要再試試看？」

高崎君這麼說的時候，純粹是抱著好奇心。對了，此人無論對甚麼事情都是這種調調。我心想。

雖有點意外這樣的發展，但當時年輕氣盛的我，對此，不知怎地同樣覺得無所謂。這是慶典啦，是慶典，反正只是一場煙火慶典——我抱著這樣的心情。高崎君就像普通男人一樣把我推倒在床上，和我做愛。早就聽說有些同性戀也能和女人做這種事，但我一直以為他不是這種人，所以嚇了一跳。

在飯岡君外出時，我和高崎君滾床單。就像青春連續劇會出現的那種荒唐頹廢的年輕人。

雖然這麼想，但我又想，想必我倆純粹只是想這麼做罷了。就像電影中飾演情侶的男女演員在現實生活中也無法出戲，可片子一拍完就相忘江湖。我知道，只不過是他的作品熱度，促使我們這麼做而已。

「那個，你有沒有甚麼感想？」

完事後，我一邊整理凌亂的服裝，一邊試問。

「我發現上帝創造男人和女人，實在創造得很巧妙。」

高崎君說，因為太有他的風格，我不禁笑了。

事情發生得太突然，而且僅此一次，之後再也沒見面，時間又過了這麼久，所以我甚至懷疑那只是一場春夢，但是把臉埋進海綿後我想起那的確是真的，我羞愧得不敢看飯岡君的臉，繼續低頭嗅聞海綿。

「早紀，妳怎麼了？妳哭了？」

當飯岡君如此溫柔詢問的瞬間，我的嘴巴，自動冒出意外的言詞。

我緊閉的雙眼不知怎地看到另一種景象。那是印度的街景。我看見人力車。看見建築物。是靈修中心。場地還算豪華，很乾淨，大家都擺出同樣的姿勢在學習……身穿粉紅色、藍色、橙色等漂亮紗麗的女人……穿著傳統印度服裝的男人，來自世界各國的人們……焚香的氣味。還有看起來就像是得道高僧的老先生。他好像是老師。

「安心吧，高崎君在印度。他在學瑜珈。也可以看見山。空氣非常清新。他一定會健健康康回來。」

「妳怎麼知道？」

飯岡君說。

「這塊天然海綿好像有希臘的靈力。」

我笑了。

「啊？那塊海綿？」

飯岡君好像真的很害怕，盯著我與海綿。

「好像還可以看見更多，如果更深入下去，應該可以看見現在的高崎君。」

說著，我依舊閉著眼，在那棟建築物中繼續移動。然後我理所當然發現了穿著白衣，正在簡樸的房間仔細擦地板的高崎君——高崎君，飯岡君很擔心你喲。我這麼一說，高崎君好像真的聽見了，突然抬起頭，於是我們四目相接。他那透明的眼睛，幾乎能夠把人吸進去，是令人懷念的雙眼。

這時，一個從未聽過的聲音在腦海響起。

「媽媽，夠了，快回來。」

是小孩子的聲音。對喔，是的，我現在，已經是媽媽了。

我霍然睜眼，撫摸肚子，暗自道歉。

而我回歸的現實世界是陰暗破舊的公寓一隅，飯岡君正以狐疑的眼神看著我。

「早紀，妳到底在搞甚麼？」

「我好像終於明白了。就在剛才。」

我笑了。

「他平安無事。不是和瑜珈老師私奔，只是去所謂的閉關隱居或靈修中心那種地方，報名參加數星期的瑜珈課程，想讓自己變得健康一點。那個課程可能只有現在開課或者某名師只有現在開班，所以他才會不假思索就跑去吧？那是印度的鄉下所以網路也不發達，或者，是按照規定上課期間必須與世隔絕，總之他大概是暫時無法聯絡吧？不過剛才我已和他對上眼了，所以他一定會試著聯絡你。應該不用太緊張。如果他跟你聯絡了，記得告訴他，我也一起來過這裡，而且還在等他的作品，還有我馬上就要生小孩了。

你看，已經傍晚了，咱們像以前一樣散散步，去源八喝一杯吧。我不能喝酒只能喝烏龍茶，不過我是孕婦，肚子容易餓。去吃點烤雞肉串再回家吧。我請客。」

就當是為我和你男朋友睡過一次聊表歉意——這話我說不出口。

那次之後我再也沒來過這裡很快就嫁人了，所以後來和高崎君及飯岡君都只是透過電話及電子郵件接觸。

「早紀，雖然我還是一頭霧水，但心情輕鬆多了。」

「反正還有房租的問題，他要不就是直接回來，要不就是會跟你聯絡拜託你代為匯款交房租。總之他沒死。應該是認真想變得健康吧？身體如果好了，鐵定也能開拓創作的新境界，這樣不是很好嗎？就讓他在印度好好待一陣子吧。」

我說。

然後，我像當時一樣鎖上門，把鑰匙交給飯岡君。花盆底下的那把備用鑰匙八成是高崎君弄丟還是怎樣，在他匆忙啟程去印度之前就拿走了吧。而我手上的這把鑰匙，我已經不需要了。

雖然半信半疑但沒看到屍體總算可以稍微打起精神，又開始像以前一樣喋喋不休的飯岡君，以及挺著還會繼續變大的肚子行動笨重的我，終於一邊聊著彼此的近況，一邊並肩緩緩走過櫻樹下。

三天後，飯岡君打電話告訴我高崎君寄來了電子郵件。

當時我吃過午餐躺在窗邊的沙發上，正在日光中昏昏沉沉打瞌睡。因為還沒完全清醒所以起初只能說「那太好了」，但我暗想，果然如此，那時我們果真目光相對。

雖然不可思議，但仔細想想其實也沒有那麼不可思議。世界隨時相連，也總是開放。

高崎君不記得飯岡君平常用的那個有點複雜的電子信箱位址，據說昨天才忽然想到可以寄信到比較簡單的Gmail信箱。飯岡君氣沖沖地這麼告訴我。他說，害人家窮緊張。

「但願高崎君能夠變得更健康就好。」

我說。

「早紀，妳也要生個健康寶寶喔。」

飯岡君說完，掛上電話。

未解決的事全部解決乾淨，之後只剩美麗的景色。

我也想過，那時候，如果我接到電話直接掛斷或許事情就到此為止了。對自己現在的人生想必不會有太大的改變吧。

然而，對於正處於產前大刀闊斧清理舊物時期的自己而言，臨時起意參與了這件事，好像讓心情格外痛快。悠然開闊，空氣新鮮，清爽舒適……那驚鴻一瞥的印度高原，遠方青山綿延的美麗風光長留心底，我暗忖，幸好我是個愛當濫好人的傻瓜。

小鬼

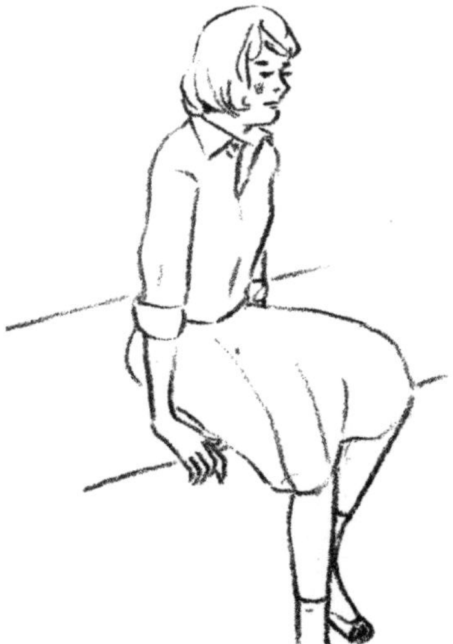

「我覺得，那個人應該沒有那麼壞，所以是不是該去看一下情況？如果不確定放任不管到底好不好的話。假使都沒人要去就我去。」

阿姨的七七法會那天，當我在親戚每次辦法事都會租用包廂的那家店內吃著盒餐這麼表明時，我媽，以及我媽那邊的親戚和表兄弟姊妹之間，頓時掀起輕微的騷動。

「這丫頭果然有點怪……」是帶有這種氛圍的騷動。

我有點不好意思，垂下眼皮專心凝視榻榻米。

過世的阿姨居然讓大家的心情如此沉重，我有點驚訝。

阿姨是我媽一干兄弟姊妹中的老大。

過世的阿姨是長女，接著是次女，然後是長子，我媽是老么，手足共四人。

我媽的哥哥（長子）與二姊（次女）住在老家附近，感情好到一起繼承老家的酒鋪。經營方面由長子負責，實務方面則是次女打理。我媽也常回娘家探視。關係如此緊密的家族獨缺一人，就是這次過世的夢女阿姨。

阿姨與親戚乃至我媽都已斷絕往來，獨自住在舉目無親的宮崎縣。

而且基於她本人的要求，遺體是火化之後才送回來，因此大家都很吃驚。葬儀社的人說，是阿姨拜託他們不要公開死訊。而且，後事幾乎都是委託住在阿姨家後面一戶姓黑木的鄰居處理，自家人因此甚麼都不用做，錢的問題和隨身用品也都處理乾淨甚麼也沒留下。這點同樣也是被片面告知。

親戚們有的詫異，有的哭笑不得，也有人憤懣不平，反應不一。

外公早已過世，外婆臥病在床不太清醒，我媽說這是唯一可堪安慰之處。

「不愧是在大學參加過鬼屋研究社的人。」

我媽的哥哥，也就是我的舅舅這麼揶揄我。

「舅舅，虧你還記得這種事。」

我很意外。

那種陳年往事我自己都忘了。或許是我渴望忘記那般怪誕的過去。

「不管怎麼說，大學居然有那種社團，才是我最驚訝的一點。」

舅舅說。

「不過，我沒加入喔。只不過參加了一次校外集宿活動。」

我鄭重聲明。

「反正都差不多啦。」

舅舅說。

「我還記得當時心想，居然有那麼奇怪的集宿活動，簡直像漫畫。」

經營酒鋪之餘也是專業插畫家的舅舅是個頗有藝術家氣質的人，雖然有點無厘頭和古怪之處，不過若和過世的阿姨相比，他的人緣和風評都要好上太多。

「大姊是為了追求鬼怪才去宮崎。」

舅舅說。

「不是岡山？」

我一直以為鬼島在岡山，所以有此一問。

「大姊住處附近的青島，有個地方叫做魔鬼洗衣板。大姊還肯和人說話時曾經提過，她非常喜歡那裡的景色。而我，大概是最後一個去探望她的親戚吧。後來她漸漸開始假裝不在家，生活日夜顛倒，也不肯接電話，寄信給她也不回，就算偶爾運氣好逮到她本人，她也宣稱有很多事情要做，沒時間了，叫我們別再找她。沒想到那居然意味著死亡。」

「她的心臟本來就不好。」

我媽說。

「大姊從年輕時的口頭禪就是『隨時死掉都無所謂，我要做我喜歡的事』。」

阿姨享年七十歲。

「反正我本來就想去宮崎，順便過去看看情況，只要拿一些遺物回來，剩下的委託業者處理就行了吧？」

我說。

「如果有值錢的，我會如實通知。」

「沒那種東西喔。她生前就逐步清理，聽說都已經捐給孤兒院了。」

舅舅說。

「好像真的甚麼也不剩了。」

「那，阿姨果然是個好人嘛？」

我說。

「怎麼可能是好人！她只是不想被兄弟姊妹干涉罷了。」

我媽憤怒地說。

「大姊拋棄了我們。我不知打過多少次電話，寫過多少信，還親自去找她。下雨天我就站在她家門口一直按門鈴可她卻假裝不在家，當時那種窩囊的心情，我這輩子都忘不了。如果她至少露個面讓我看一眼，或許我還能原諒她。」

「換句話說，她大概是決定完全斷絕這種人際往來吧？」

我說。

與其無謂地周旋眾人之間，既然決定選擇孤獨，就孤獨到底，反正人生已所剩無幾，不如豁出去做——阿姨這種心情我多少能體會，也不認為真有那麼過分。人們通常認為臨終時若有家人及親戚環繞身旁，縱使死在不合心意的場所，還是很有福氣，如果我將來成家了，當然也想死在家人身邊，但若是獨居者，想必也有人並不期望那種死法。人應該都有這麼想的權利才對。

「那是因為她和妳的關係不同於我，我可沒法子像妳看得那麼開。她整天做那種鬼娃娃，肯定也變得像魔鬼一樣沒良心。一個不懂手足之情的人，怎麼可能創作出甚麼藝術作品。大姊只是在逃避。不負任何責任，任性地生任性地死，真的是像魔鬼一樣過分。人死了連關係都無法再修復。只讓我們見到骨灰，實在太傷人了。她真的是到死都不通人情。」

雖然我並不打算自己一個人講好聽話來粉飾太平，但這種謾罵我實在不願相信出自自家老媽口中。我很想回敬一句「媽妳現在更像惡鬼」但想想還是作罷。

曾經最敬愛阿姨的母親，這些年對阿姨的感情由愛生恨。大概是包括這種轉變的過程在內一概都想切斷，所以才硬生生斷絕關係吧？細心勤快又深情的母親，一旦被接納了，想必每年都要去看阿姨一次，搞不好還會留下過夜，賴著不走。

所有你好我好大家好的行為，阿姨恐怕都厭煩得受不了吧。

「大抵上，她和附近鄰居是否有正常來往都值得懷疑。像她這種只想任性妄為過日子的單身怪女人搬來，附近鄰居也只會感到困擾吧。可她完全不考慮這些就決定搬去。如果每個人都像她這樣隨心所欲，這世界早就變得亂七八糟了。」

我媽還在繼續抱怨。

這種心情有如一根刺，如果一直插在肉裡肯定會漸漸腐蝕心靈。正因為小時候有過姊妹感情親密的時期，我媽對於這件事格外固執。

「我已經對夢女阿姨完全沒印象，所以反而可以坦然去探訪。我上班的公司畫廊也會展出各種藝術品，如果阿姨有作品，我也很有興趣。」

我說。

「隨便妳，反正總得有個人出面。」

我媽說。

「妳這種脾氣，真的跟妳阿姨很像，看了就讓人生氣。甚麼都不在意，一臉笑罵由人我自為之的表情。我看妳大概也跟魔鬼沒兩樣。」

我媽說。

被這樣批評我當然也會受傷，雖然這麼想，但我沒吭氣。我媽這種胡攪蠻纏與感情用事的個性，阿姨一定也很不耐煩吧？我很想這麼說但是沒敢開口。

說出來只怕會踩到她的地雷。這其實也是她表達親情與執著的一種方式。能夠這麼想著用力忍耐，是在我長大之後。在其他方面相當爽快的母親，唯獨在這個領域（認為人際來往就該誇張表露感情才好的想法）一貫如此。這或許堪稱是她的個性吧。

因為我媽這種個性，我變得完全不把想法擺在臉上，無論對任何事都希望自己能夠更爽快灑脫。她簡直是負面教材。想必，我的確有點像阿姨。

周遭的人似乎都已經不想繼續這個話題，好像挑明了「有人願意接這個燙手山芋最好，既然連金錢問題都解決了，那就最好不要再扯上關係」似地各自聊起別的話題。我媽抓著她的姊夫還在絮絮訴說種種不甘。

唯有舅舅還看著我，悄然說道：

「妳一個人去我有點不放心，帶個人一起去吧。」

「沒問題啦，我只是去看看。有甚麼事我會通知你們。」

我說。工作上見過太多人早已對人疲乏，所以我覺得去宮崎安安靜靜做個小旅行也不錯，本來就打定主意隻身前往。

搭乘飛機很快就抵達了宮崎。

在機場租了車子，按照導航系統的指引驅車前行。海面粼粼閃現藍光，大王椰子茂密叢生，景色之豪華令我驚訝。世上居然有這種宛如樂園的地方。

阿姨的家，在跨越青島的大橋邊上，一棟老舊平房。

我本來以為會是更靠近山上看似偏僻詭異的垃圾屋，所以看見堪稱清潔的外觀讓我鬆了一口氣。我不確定該形容為清潔還是清貧，總之就是一棟老房子，就是那樣的風情。

阿姨據說是在家中過世，但她多少還留下一點存款，好像也留下遺書寫明萬一自己過世時就用存款辦理後事，因此喪禮和屋內的清理好歹都已處理妥當。

是故屋子並無遭人棄置之感。據說是住在後面的鄰居一手打理的，待會還得去向人家道謝，所以我特地從東京帶了點心來。

能夠處理得如此妥貼周到，令我心生感激。

這和做法事時大家口中避世獨居神經失常的女人住的垃圾屋那種想像截然不同。

站在玄關前，我對自己之前的想像感到羞愧又空虛。到底有多少資訊被我這樣在腦中草率處理掉？美女必然傲慢，胸大肯定無腦，帥哥每多殷勤，小氣的老人總是藏有存款，因為周遭有人拍馬奉承所以一定不知民間疾苦……諸如此類，數之不清。這個世界談論著我們並未親眼見過的事物，正因數之不清，想必更加空虛。阿姨就是想和這樣的世界靜靜保持距離，才會選擇過這種生活。如此確信的我越發平靜地開門。

室內一片漆黑，而且很可悲地果然還留有一點死亡氣息。微微的，有種腐肉的氣味。

我大無畏地踏入一步，打開玄關旁邊的小窗，接著開燈。

徹底的空無。沒有家具，沒有書本，沒有電視。

唯一有的，是一群小鬼。

數量驚人的小鬼堆滿放眼所及之處。作品品質相當高。不是童話風格，也不是寫實主義，有點像大阪的幸運之神「比利肯」雕像，是素燒的小鬼。

「啊，嚇我一跳。」

我說。

「大家好，我是夢女阿姨的外甥女紗季。」

小鬼們似乎一陣騷動。不怕各位誤解地說一句，那種感覺，是很舒服的騷動。和親戚們的騷動質地不同，感覺像是更輕聲細語更甜蜜。

我心想，我可是打過招呼囉，這才走進屋子。

光是玄關，大約就擺了一百個小鬼。

思及那異樣龐大的數量，好像可以理解阿姨不與人來往的心情了。

若要創作出這麼多作品，當然沒那種閒工夫。

只覺心頭一窒，我蹲在小鬼們當中，稍微調整呼吸。小鬼們目不轉睛看著我，不過果然沒有親戚的目光那麼令人不自在。

難道我也是小鬼的夥伴？

這間屋子非常小，只有二個房間和廚房，盡頭面向院子附帶簷廊的房間被當成工作室。架子上排滿尚未進窯燒製的小鬼。院子裡有一個家用的現代化小型窯爐，還有菜園。菜園沒有任由雜草叢生，仍留有夏日最後的芋頭葉子和茄子、番茄之類作物。

音響與少許ＣＤ（只有古典樂及昔日的西洋流行歌）、幾本書，放在廚房旁邊的房間。阿姨當日似乎是躺在沙發上過世，如今沙發已被搬走，地毯只留痕跡。有一疊書放在原來放沙發那個位置旁邊，最上面一本是美國藝術家愛德華．戈里的訪談錄。

我隨手翻開，裡面夾了紙條，下筆用力的字跡清楚寫著：

「我應該會在二〇一一年八月二十一日死去。之後，紗季將會來訪。直到最後一刻，我仍喜愛紗季的母親。但我不打算告訴她。也不抱期待。只想輕輕對心中的那個人道謝——謝謝妳惦記著我。紗季生在比我好的時代。能拿多少小鬼就盡量拿走，替我公開展出好嗎？還有，院子後面有一口舊水井。那裡的小鬼絕對不能拿走。如果展出的小鬼賣掉了（我想應該賣得掉），務必用那筆錢在水井遺址建造神祠，之後切不可搬動小鬼。房屋仲介商很清楚這件事，所以沒問題。出售時唯獨那裡的不能賣。那部分已說好今後屬於住在後面的黑木小姐。也已委託律師將土地轉讓給她。總之千萬別碰那塊地方。否則會出大事。　夢女。」

就各種角度而言都看了令人毛骨悚然，但我的個性向來不會一驚一咋。因此，我只是默默想著，很好。

阿姨太明白事理，而且太深入靈性世界，才會成為懂得這種事的人吧——這樣想，各方面都會更實際也更輕鬆，因此我決定就這麼想。
阿姨在一般人還無法出國的時代就去了紐約，有段時期和當地的同性戀假結婚，浸淫藝術世界。之後她因為心臟出問題，返國後一直找不到地方安頓，四處遷居，沒有結婚，也沒生孩子，直到六十歲時才搬來這裡。

我心想，不管怎樣至少得先買束鮮花和線香，於是穿著拖鞋走出去。
隔壁的大叔正好從玄關出來，於是我主動打招呼。
「雖然有點古怪，但她是個好人喲。」
穿著家居短褲的禿頭大叔不勝唏噓。
「謝謝。請問哪裡可以買到花？」
我問。
大叔告訴我附近的花店地址，我連忙跑去買。

屋裡鐵定連花瓶也沒有，浴室有臉盆就用那個湊合吧，我盤算著，抱了一大捧白菊花回來。線香是在超商買的。從阿姨家門前可以看見青島。雖然模糊不清，但植物分明是椰子樹或蘇鐵那類熱帶植物。

也看得見被稱為魔鬼洗衣板的岩石斷層以漂亮花紋層層排列的模樣。宛如岩石形成的浪頭，宛如神明綴成的蕾絲花紋。

把白菊花放進臉盆，擱在原先擺沙發的位置，插上香，吃著上供剩下的另一半本地名產「外郎糕」，我不禁恍惚失神。

總覺得大事已了，鬼很多，但除了鬼甚麼也沒有。等我買回包裝材料將小鬼仔細打包寄出後，一切好像就可以結束了。

意外地無事可做，令我有點失落。之後頂多只剩下去找那個黑木小姐道謝。

我也打開壁櫥檢視過，但裡面空無一物。衣服也只有六件。而且全都破破爛爛，沒有襪子，內褲三件。可悲的是，完全沒有今年的冬裝。我當下直覺，阿姨早已醒悟自己活不到今年冬天，所以事先都處理掉了。

對了，該去看看紙條上寫的院子舊水井的小鬼。想到這裡，我走過窯爐旁邊，去院子後方一探究竟。

用這麼小的窯爐要燒出那麼多作品，想必真的得耗上畢生時光吧，我暗想，自己直屬的現代美術畫廊或許不可能，但是可以找我認識的民藝風格的畫廊辦展覽，想到這裡，我一邊思考該找哪家好，一邊心不在焉走向深處。

菜園後面種了許多蘇鐵，我在尖利的刺痛中，撥開茂密的蘇鐵葉走入院子最深處，眼前出現一口令人莫名驚悚的舊水井。水井被藏得很深，光看著就感覺陰濕，可怕，眼前發黑，腦袋刺痛，肚子也開始痛。怎麼回事？我冒著冷汗思忖。而且，那裡有迥異於其他小鬼，相貌格外猙獰的小鬼。塊頭也更大，宛如魔方陣包圍水井。只有一尊凝視水井，其他全都背對，環繞著水井。

「這是搞甚麼？」

我發現自己的聲音在顫抖。

我覺得，這裡，像個危險場所。

阿姨就是為了封印這個，才做出那些小鬼。我如此確信。

那就是阿姨的職責。一輩子的。

哪怕是妄想，但她是認真的，用那個小窯爐持續燒製。燒製守護精靈。

陰暗的舊水井還是很可怕，我不禁後退。

「誰？」

一個聲音響起。是高亢奇妙的聲音。

我尖叫一聲，嚇得回頭，只見菜園有個非常矮小、簡直像小鬼的胖女人。

「請問妳又是誰？我是這家屋主的外甥女。」

我說。

「噢，紗季小姐。」

那個女人大步走來。身高大約只有小學生那麼高。左眼到處亂轉，唯有右眼牢牢看著我。

「妳曾聽夢女阿姨提起我？」

「那個人是千里眼。託我管理她的身後事，還想付我工資，但我沒要。她很了不起。」

她說。

這個人，其實不是人類而是小鬼化身成人類出現吧？或者，是阿姨太寂寞太渴望朋友，所以自己用黏土搓揉燒製出來的？彷彿置身民間傳奇故事的怪誕感受揮之不去，我曖昧微笑。

「我就住在附近，我是住這後面的黑木。」

她似乎察覺我的想法，如此解釋。

「夢女說，我之所以生來就是這種體型，還有我爺爺、我父親、我哥哥的死，都是這口井害的，必須設法解決，於是她開始做小鬼。多虧有她，我母親、妹妹、弟弟雖然生病但都還活著。所以，現在我也幫忙管理，為了避免屋子出售時打掉水井，相關文件也都交給我保管了，和房仲業者的契約書也已註明這項條款。夢女已經安排好賣掉這裡的程序，留下小鬼，是因為想向妳母親道歉。就只剩那個，其他一切都已了結。」

「妳說的我全都明白了。」

我說。

看著黑木小姐眼睛深處像星星一樣強烈的光芒，「阿姨生前到底是多麼了不起的人」的精髓彷彿以怒濤洶湧之勢大舉襲來，讓我完全明白了背後的關係性與意圖。

「她做的雖是無人認同的工作，就個人而言卻是偉大的工作。和史提夫・賈伯斯一樣偉大。」

黑木小姐說。

我點頭，忍不住有點落淚。

然後我為了掩飾羞澀說：

「黑木小姐用的該不會是蘋果電腦吧？」

「對。我很尊敬夢女和賈伯斯。每次都在YouTube反覆看他的演講。夢女也用Apple，最後還把她愛用的Mac給了我。那是最棒的紀念品。」

黑木小姐自豪地說。

我沒把握能否將這古怪的故事妥貼地轉達給我媽，但總之我很慶幸。

阿姨其實被誤解了，而且她之所以決心不與任何人打交道，是為了拯救比手足與親戚更常共度時光的好友。

我順理成章地與黑木小姐一起拔草，結果就弄到了向晚時分。沒有追思阿姨生前種種只是默默除草的黑木小姐簡潔俐落的動作，以及手指的靈巧，令我看得著迷。

最後，我們一起分享了我來此地的途中買的外郎糕。那是生鮮糕點我想應該立刻吃掉比較好，所以試探著邀請她。並且將帶來的點心整包交給她。黑木小姐也用雙手牢牢接下。

此地的外郎糕，比起名古屋的口感較鬆散，分量十足，甜度也恰到好處，包裝設計的色彩精美令人懷疑出自藝術家橫尾忠則的手筆，我非常喜歡。

我與矮小的黑木小姐並肩坐在工作室吃外郎糕配熱茶，彷彿可以感受到阿姨的幸福時光。雖然傳說中她過得極為寒酸，實際上她的生活豐富多彩。而且乍看只是鄉下一個矮小殘障歐巴桑的黑木小姐，居然如此聰穎，是個做起農活也俐落幹練煥發光彩的人物。

「明天，如果天氣晴朗妳可以去青島走走。」

黑木小姐又用高亢的嗓音唐突說道。

「啊？過那座橋就行了吧？」

我說。

「對對對，夢女也喜歡那裡。每次去那裡，她總說蘇鐵必然藏有小鬼。所以她才會創作小鬼吧。她看得見。明天我也會來除草灑水，到時候見。」

說完，黑木小姐就回去了。

我還是把屋子大致清理了一遍，可以丟的東西就堆到一起，自己只拿了愛德華·戈里的書與那張紙條留做紀念，明天就要打包小鬼了，我駕駛租來的車子去宮崎市內採購打包用的材料。

然後按照旅遊指南去小悰餐館飽餐南蠻炸雞，再去大野水果店吃類似芒果刨冰的美食，吃得很撐。

享用宮崎名產直到觀光客心態充分滿足才打道回府，夜路有種惆悵的幸福味道。人不多，有餐飲街，有霓虹燈，有漆黑的拱門，清涼的夜風中，我化幻成無形般獨自漫步。我是阿姨，阿姨的眼睛一瞬進入我的眼睛，我如此覺得。

阿姨大概不曾這樣在街上散步，但我感到，宮崎把阿姨的眼睛借給了我。阿姨一定曾被這裡的天空樹木綠草海洋……還有蘇鐵裡的小鬼深愛著。

在超商買了啤酒和零食還有磨好的咖啡豆，走夜路回來。距離不算短，但在初來乍到的土地上，心情激昂怎麼也睡不著。濃郁的綠意和晦暗的大海令人深感魅力，我好像有點明白阿姨遷居此地的心情了。如此新鮮的空氣，如此靜謐。

屋裡還有熱水，於是我沖個澡，喝了一瓶啤酒就很睏，鑽進帶來的睡袋立刻呼呼大睡。本以為下個月還得再來一趟，但如果直接拿錢給黑木小姐，應該很多事都可以委託她代辦，況且我也覺得那樣比較好。當然要她同意收錢，不過我還是決定先拿給她試。我也知道這棟房子已經要掛牌出售。與其貿然與房仲業者聯絡，不如和黑木小姐保持聯繫，應該更好——我如此盤算著。

雖然我曾在鬼屋研究社打醬油，但基本上壓根不信鬼魂之類的東西，然而某天深夜裡我做了一個如漩渦般逼近的夢，赫然驚醒。漩渦猛然逼近到眼前，幾乎將我吞沒。就是那樣的夢。

漆黑的屋內，不知怎地好像傳來濁流滔滔流過的轟隆聲。

夜色分明變得更深濃的，是那個院子的深處。

小鬼們看起來似乎朦朧發光。實際上或許只是反射路燈略顯光亮而已。

一瞥向那邊，漩渦好像就會轟然來襲，我連忙別開眼。

「雖然搞不清狀況，但這的確很麻煩。」

我說。

阿姨八成也曾這樣嘀咕過。之後，大概也思考過吧。

——能住在這裡也是一種緣分，自己沒有變成名人，也不受人喜愛，和家人也是永遠合不來。無法對人說好聽的話，也無法長袖善舞地周旋眾人之間一起吃吃喝喝。身體也不好，所以同樣待在紐約卻成不了小野洋子或草間彌生。沒有創作出偉大的作品，只是活著，然後死去。但是，即便無人注視，還有鬼在看著，樹木，天空，神明，都在看著。即便是為了三不五時關照自己的黑木小姐，也要靜靜做完能力所及的事情再死。為此必須用上剩餘的全部時間。某種更龐大、更偉大的冥冥主宰，想必正在注視自己的生命。

阿姨……這麼一嘟囔，頓時滿心溫情，背對黑暗中的漩渦，我閉上眼。我想，用不著特地去看了。

我知道，許多事情其實並非如此。

世間並非只有毛毯與愛情與笑顏與支持與美麗景色與透明夜露與色彩甜美的花

瓣。

那個漩渦似的東西在各種場所以各種形式攪和，沾染汙垢。

然而，如果有阿姨在，即便是這樣的夜晚也不怕。

因為阿姨和鬼一起，自己也變成鬼，已經遠遠超越這二個世界了——作為一個想必是至善的個體。

大學時，我當時的男友加入了以科學方式研究鬼屋的研究社。他立志當作家，是那種甚麼都想插一腳試試的人。

集宿的人數不足，紗季可以在校慶園遊會擺攤賣鬼屋咖啡（好像就是靠那個賺取社團經費）時，幫忙繪製展示用的可怕圖像，所以是最佳人選，妳就來當名符其實的幽靈社員吧。被他這麼請求，我笑著參加了那次集宿。

社員都是怪咖。有漫畫阿宅、有陰陽眼的人，還有自稱擁有特異功能，以及幾乎整天窩在家中調查世界奇聞怪談的人……總之都是平日的我死都不想結伴去旅行的人物。

他們在社交方面也很無趣，說話總是立刻帶刺，是一群莫名其妙的人。

我們一本正經地向住在發霉的醫院舊址附近的房東提出申請，帶著睡袋，以漆黑的醫院掛號櫃台舊址為據點，在二層樓的醫院裡到處裝設錄音器材與攝影機。

不信有鬼的我，一直覺得很荒謬，但我男友乃至其他所有人都很認真行動，我只好老老實實幫忙。跑腿買買東西，或是幫著安裝器材，隨便閒聊，打掃所在的地點。

用我們帶來的電熱水壺燒開水，大家一起嘗試各種速食品，悄聲吃零食，總之就是一群長不大的成年人搞出來的試膽遊戲吧，我想。

最後只有架設在二樓裡屋的攝影機稍微拍到一團模糊的光點，就此結束這次集宿。當黎明猝然來臨時，一半的人都在打瞌睡，沒睡著的人也在發呆，就這麼收拾東西搭上第一班電車回家。心情倒是忽上忽下猶如雲霄飛車，結果卻沒發生甚麼大不了的事。我在晨光中替大家煮咖啡，一邊兩眼浮腫地想，其實挺好玩的嘛。

將那寶貴的一幕投影在牆壁的螢幕上，在黑暗中沒完沒了地反覆重播，用螢光漆畫出陰森詭異的醫院圖景，靠著用實驗室燒杯與長頸瓶賣飲料的「人魂咖啡」在園遊會賺取社團經費，也是不錯的回憶。

我對鬼魂無所謂，原本只是肖想或許能在黑暗中和男友接吻才參加，但大家都超級認真，所以光是有那種念頭好像都很對不起大家。半夜三點左右檢查攝影機，在螢幕上發現拍到那個光點時，就是那次集宿活動的最高潮。

大家毛骨悚然，陷入沉默，但又鼓起勇氣想再繼續多發現點甚麼，看起來簡直像要上場參加運動比賽的人們，被燈光照亮異樣精神抖擻的臉孔。

待在歷史悠久的黑暗建築中太久，黑暗的重量漸漸如棉花勒緊我們全體，所有人不分男女聚集在一個房間手牽著手。

去巡邏時彼此不約而同挽著手一起行動。如果真有甚麼鬼怪出現，大家八成會驚聲尖叫落荒而逃，所以那或許並不是太堅定的結合。不過，我們在黑暗中深深感到人的可靠，人的毫無隔閡，與平等。我們只是一群在平日生活中或許會爭風吃醋鬧彆扭，喜歡聚在一起找刺激的青澀學生。

說不定，還有比自己這些人更巨大的無形主宰。唯有這麼想時，不再有調侃的心情和世界觀的差異，只是作為一個人類，回想那可怕又懷念的一夜。

當時的男友早已分手，也不知他們的下落。

只是，那晚大家面對黑暗以及或許潛藏在黑暗中的某種可能性，化為不分彼此的一個「人類」團體的那股強烈感觸，長留我心。

我不自覺醒來，翻開手邊的那本戈里訪談錄。

只有一處，留下記號，是小小的星形記號。

「我們都以某種方法企圖規避現實同時度過人生。我們總是抱著相當強烈的非現實感。總覺得他人的存在方式似乎與自己有所不同。總感到他人的人生充滿意義。如果在路上看到某人，就會覺得他們的人生肯定非常真實。當然，自己心裡也知道事實並非如此。」

阿姨的目光再次與我疊合。

在獨居的屋內，感受著迫近的漩渦，獨自度過奮鬥生涯的阿姨，此時此刻，因為我察覺到了，所以阿姨不再是孤軍奮戰。雖然有時差，但妳不再是一個人喔。

這超越無邊黑暗的小小光芒，是否能夠替我傳達？

就算無法傳達，阿姨肯定也不會在意吧。我也不在意。

因為阿姨某日在此處留下星形記號的心情，已如搖籃曲撫慰了我。

我愛我媽，但我媽那種人，肯定不會明白這種聲音過於低微的交流。這種交流雖然過於低微卻很明晰，如同拐杖足以支撐人生。是唯一能夠從黑暗與漩渦拯救我的力量。

不知不覺我已不再在意水井的漩渦，我把手放在戈里的書本封面，安然睡去。

清晨一如集宿的那日爽快來臨。

洋溢光線的屋內雖是秋天卻很熱，睡夢中我半個身子都露在睡袋外。

日光改變了一切。

不再有豐潤的黑暗氣息，平庸，有點寒酸，孤獨老人獨居的房子被照亮。但到處皆有的小鬼不同，他們彷彿在強調：我在這裡！我鄭重想著今後要抱著阿姨的種種心情好好活下去，一邊沖泡咖啡。

這樣的來去之間，我希望自己不要忘記有人類，有藝術。

甚至連原本一心想遺忘的鬼屋研究社那段過去，我都發現了美好的意義。

一直在左右人類的黑夜與黎明的魔法及運作方式，令人感到異樣鮮活。那次體驗與這次體驗不是單點而是連為一線，我認為，對我今後的人生賦有重大的意義。

阿姨送了我一件大禮。

我只穿著塑膠拖鞋帶上錢包與手機，越過通往青島的長橋。

隨著青島逐漸接近，越發強烈感到這座島猶如綠寶石

在魔鬼洗衣板的守護下，一座蒼鬱的小小神聖樂園。

從橋上眺望的青島景色格外不同。無垠的海水之間混雜一重又一重的岩石以及更遠方的滿眼綠意。

解說牌上寫著，隆起的水成岩是被碧波滌蕩才形成如此不可思議地奇岩起伏的景色，本以為是普通椰子樹的植物，原來是檳榔樹，這種我壓根沒聽說過的椰子樹。葉片如扇茂密伸展。此樹在古代據說神聖遠甚於任何樹木，迄今仍在皇室的祭祀中使用。這樣的樹在這小島上多達五千棵。與其他南國樹木一起以鬱鬱蔥蔥的葉片圍繞神社，空氣濕潤，有種令人聯想起沖繩御嶽的氛圍。

唯有紅色的神社鳥居散發不可思議的存在感。那樣的地方讓人深深領悟古人肯定也將之視為聖域。如果從岸邊看到這麼不可思議的景色，必然會認為這座島上藏有甚麼神靈。

阿姨發現了這裡，每天早上來青島散步，想必也在去島上的大橋前的商店買過果汁（我也買了芒果刨冰，邊吃邊悠然過橋），每次都抱著滿心神聖的氣氛去參拜吧。

對著幾乎被茂密的熱帶叢林壓倒的小小素樸神社合掌膜拜，我祈求的心願肯定與阿姨相同。願我所愛之人皆能盡量得到幸福與長壽。願今生想做之事皆能盡力完成。

這是多麼美妙的地方啊，我一再深呼吸走回橋上。阿姨發現這裡之後，是抱著何種心境遷居此地，如今我已全然理解。光是這樣，這趟旅行就值得了。

回來一看，黑木小姐正在拔草澆水。

我向她道早安，

「去看過青島了？」她問，給我二個飯糰。形狀之渾圓令人懷疑究竟要怎樣才能弄出這麼圓的飯糰，鹹味十足相當好吃，我立刻吃掉了。皮膚已經曬成好看的小麥色。

「我幫妳打包小鬼。如果要用寄的，我來寄。」

黑木小姐在簷廊說。

「我想送上禮金聊表謝意，感謝妳各方面的幫助。」

我說。

「那種事還是省省吧。否則會遭天譴。我用貨到付款的方式寄給妳。那樣就好。」

黑木小姐用不容分說的語氣說。

「呃，要不然，看妳如果有喜歡的小鬼就拿去。雖然不確定我是否有資格講這種話，但我想阿姨應該會很高興。」

我說。

黑木小姐頭一次露出笑容。起初我甚至誤會她在生氣，是很不可思議的笑容，她細細瞇起的閃亮雙眼如孩童般異樣美麗。

「不用了。」

她接著又說：

「因為我家已經有一百個了。」

「這點，我早該料到的。」

我也笑了。

與貌似小鬼的女人在陌生土地上相對歡笑的奇妙瞬間，這就是阿姨，以及人生，給予我的贈禮。

「那麼，如果確定要替阿姨舉辦作品個展時，我會出機票和旅館費用招待妳來東京。而且從賣得的款項扣除畫廊佣金之後的錢，屆時請妳收下。如果蓋完神祠還有剩餘的錢，就請妳留著自己用。這是阿姨的遺言，請成全她的心意。」

我說。

「嗯，我知道。既然是夢女的希望，我會照辦，蓋個氣派的神祠。我會把錢全部花掉。」

黑木小姐說。接著又說：

「像我這樣的人，去東京的畫廊太丟人了，我不能去啦。」

「我會全程當妳的護花使者。吃飯也一起，還會去機場接妳。再不然，妳要去蘋果專賣店我也可以奉陪。」

我說。

「妳真是個古怪的孩子。」

黑木小姐板著臉說，但她看起來有點高興。

菜園的草都帶著水滴，在陽光中，舊水井那一帶看起來只是陰暗的舊水井。不過等夜晚再次來臨，藏在那裡的某種東西又會開始蠢蠢欲動企圖擴展生命。它本身沒有善惡可言，是我也不太清楚的純粹的生命，某種力量。當它披裹上別的生命時，頓時產生意義。是否真有那種事已不重要。當中產生的人類複雜心象更吸引我。就像蕾絲花紋般的岩層堆疊成形之時，種種偶然混合下，才能構成無比巨大的圖紋。我就是想看那個。

我一邊想著，但願小鬼們在東京不會感到無聊，一邊起身準備去拿打包材料。

那麼多的小鬼要一一包裹起來放進紙箱得花不少時間。恐怕會是一個漫長的午後。

即便如此，在這種種東西盤旋的世界中，所有的事物相互關聯像浪花與天空與清風互相推擠，互相影響，互相吸取，互相糾纏，在一直流動不息的壯闊長流中，人類能做的僅僅只有動用渺小雙手的作業。

我知道那點，身旁的黑木小姐也知道。

我想，由這樣的二人來處理小鬼們，阿姨一定也會感到欣喜吧。

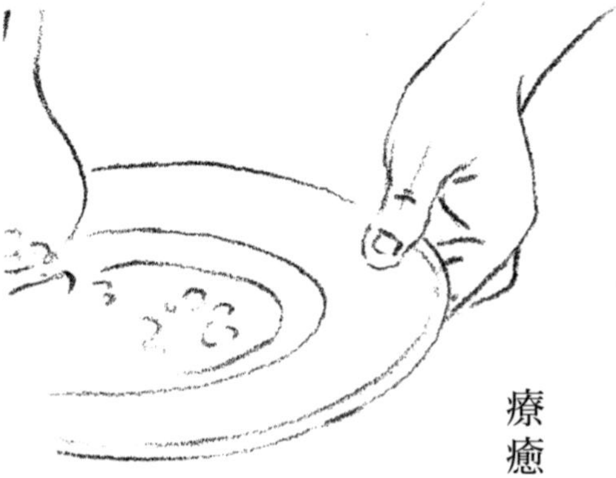

療癒系豆子湯

「小咲，妳不會煮嗎？妳不是一直跟在旁邊？現在就算出來散步也覺得好寂寞，好像就是少了點甚麼。」

祖父母過世後，我已算不清楚自己聽路上偶遇的鄰居們講過多少次。

「療癒人心的，想必是祖父母的人品，不是熱湯本身。」

我如此回答。

於是大家會一邊說「說得也是」一邊露出似乎在內心深處暗想「真是的，妳果然還是甚麼都不肯做啊」的失望表情離去。

那和小孩子新買的玩具立刻被玩壞，失望又氣惱時的表情很相似。

不管是幾歲的大人，抑或是老奶奶老爺爺，這種時候，還是會流露內心孩子氣的一面。

有這麼多人會在周末的早上出門散步嗎？我經常感到驚訝。

悠然漫步的人，與家人同行的人，獨自冥想般默默走路的人，慢跑的人。雖然形形色色不一而足，總之只要天氣晴朗，不，人們就算是下雨也會走出家門自然而然決定目標向前走。

為甚麼？

為了保持腳力，為了心情舒暢，為了調整血液循環。為了心情舒暢後讓今天這一天變得更美好。如果詢問每個人，想必各有理由，但我想認真追究起來其實是沒有理由的行動。

人類是甚麼？有身體又代表甚麼？

早上起床後，有時間的話就想走走的那種衝動是出自身體，還是出於心靈需求？抑或是出於二者交錯產生難以區分的衝動？

而在散步的途中，作為恰到好處的歇腳處，本地居民們選定了我家。

甚麼嘛，大家憑甚麼都指望我家——這麼想的同時，不免感到自己氣量狹小。

雖被那麼多貪婪的人們包圍，祖父母在世時毫無不悅，一直免費提供熱湯。

之後先是祖母過世，祖父悲痛難抑了無生趣，三個月後也悄然與世長辭。

二位老人家從不強迫別人，甚至到了可怕的地步。而且從不強迫別人這點也是二老唯一的共通點。

左鄰右舍的現實反應雖令我有點反感，不過老實說，我也很懷念祖父母的豆子湯。

我搬來這個家時，這裡就已是「可以免費喝到豆子湯的歇腳處」了。因為沒有靠這個做生意賺錢所以甚至不是「豆湯店」。

祖父母本來經營香菸鋪。

沿著站前商店街走到底再往前走幾步路面向小巷之處，有一角便是店鋪。如果從我家玄關看過去，店鋪等於在背後。賣香菸的店面，加上後方的存貨點，以及可容納數人坐下的空間。僅只是這樣的小店鋪。

父親每月給的生活費已綽綽有餘，二老也有領年金，於是祖父母開始大量煮豆子湯。起先是在經營香菸鋪的同時煮豆子湯，之後周末的豆子湯分發工作變得忙碌就把香菸鋪關掉了。

周一採購食材，做事前處理，周二至周五都在烹煮，周六周日供應給大家，這樣的日程安排好像也是自然而然形成的。

祖母說，起先是因為附近每天經過的大嬸胃不舒服。如果請她喝綠茶或許對胃不好所以就提供咱們家特製的豆子湯吧——就此開始贈送豆子湯。

那位大嬸說湯很好喝，每周都來報到，雖然切除了一半以上的胃卻變得生龍活虎精力充沛。

我想應該不只是湯的功效。

從大嬸家走路到我家要十分鐘，正好當作復健運動，之後來一碗營養滿分的熱湯再和祖父母溫馨閒聊兩句然後打道回府，全程大約三十分鐘。

我想是那全部，以及對周末來臨的期盼，對豆子湯未必抱持特別期待……這些因素相互加乘，才在她身上創造奇蹟。

大嬸的臉色轉眼變得紅潤，說話的內容據說也變得開朗風趣。

大嬸的變化太大，因此她的家人與親朋好友也開始三不五時順路來我家喝湯。

無法久坐，想必也是一個優點。

因為只能坐小板凳，靠牆站著喝，或是站在路上不妨礙交通的情況下喝，所以無法待太久。自然形成一種盡量長話短說的氛圍。也有些人只要有時間就會義務幫忙，所以和教會免費供應食物時那種健全安靜的氛圍或許最相似。

祖父母不善言詞，毋寧說是沉默寡言，所以原本興高采烈打算來聊天的人們或許也感到有點失落吧。

祖父說用紙杯的話太浪費錢，況且採購也很麻煩又會製造垃圾，於是在附近公園舉辦的陶器市集買來每個百圓的杯子裝豆子湯。因為要洗的杯子太多，祖母的手變得很粗糙，所以我們搬來時，我媽送了一台洗碗機。

和世人以為的不同，祖母其實並不是那種「事事都講求誠心誠意親手完成」的類型，所以我媽的貼心之舉讓她非常高興。

「大家都以為我是很傳統的老派人物，其實我熱烈歡迎這種電器用品，謝謝妳，這下子妳可幫了大忙。沒有別人會替我想到這種事。智子妳才是我真正的女兒。」

至今我仍記得，當祖母恨不得把洗碗機摟在懷裡似的這麼表示時，我媽羞澀如少女的神情。

從此，洗碗機乒乒乓乓運轉的聲音成了我家周末上午的背景音樂。

我漸漸愛上洗碗機的水聲。那是水在陶瓷器之間不斷流轉的生動聲音。因為沒時間烘乾，所以杯子洗好之後得由我一一擦乾，但我並不討厭那項作業。埋頭擦拭熱呼呼的餐具不知為何便會感到滿心幸福。

周六周日通常上午豆子湯便發完了，就此結束。

祖母會對扼腕的人說，「這裡不是開店做生意所以發完了就結束囉，明日（或下周）請早。」如果有人喝完還想再來一杯，祖母也會殷殷詢問對方「是住得很遠嗎？還能再來嗎？為何如此飢餓？」視情況再提供一杯。對於遊民則一定會續杯。

看著那一切，我漸漸感到人類的可愛，也感到可怕。

想喝豆子湯，湯很好喝，很開心，謝謝你們，不嫌棄的話請收下些許謝禮——到此為止大家都想得到。

但是，祖母的手粗糙得好像破抹布，都已經流血貼滿OK繃了，大家卻沒有發現。端鍋子過來的祖父即便跛足而行，也很少有人伸手幫忙。他們壓根不當一回事，或者視而不見，或者佯裝看不見。那是人性的遲鈍。或者說狡猾。

啊，湯已經快沒了？但到我為止應該還喝得到吧？這種時候人人都會露出同樣的表情。

彷彿戴上「慾望」的隱形眼鏡，再也看不見別的，只想盡可能多拿到一點。感覺上，好像是覺得為了一杯熱湯的話就算流露這種嘴臉應該也無妨。善良的人們內心潛藏的小惡魔很可怕。正因為小，所以永不消失。

然而不知為何，看著那些人拿著豆子湯露出溫暖笑容，我就會熱淚盈眶。正因如此永遠戒不掉，對於人，對於豆子湯。我如是想。自己內心也有極小的惡魔，同時潛藏那無窮的愛的片影，不知不覺我開始期盼細細品味那同樣渺小且永不消失的二者。

爸媽在我十五歲那年離婚，我和我媽一起搬到祖父母家，從此與祖父母一同生活。

短大畢業後，我一周去民營圖書館打工四次，周六周日就幫忙分發豆子湯。

並且與我媽一起先後替祖父母送終。

就離婚後的家庭而言，我想這是很罕見的情形。

外公外婆早已過世，所以我們母女無處可去，況且變成單親家庭後，我們也想把爸爸給的贍養費與教育費盡可能存起來。如果我們繼續住在以前和爸爸同住的六本木公寓，房租和生活開銷都太貴，最主要的是，太寂寞。

祖父母一直勸我媽，「甚麼都別說，搬過來住就對了，我們想和孫女一起住，也喜歡妳。除非妳想搬走，否則住多久都沒問題。」我媽認真聽進去了，我們適應了四人生活，直到最後。

家裡的格局是從店面到起居室、玄關連成一線幾乎毫無區隔，那意味著外出歸來時，必然得經過祖父母睡的房間，發出噪音走上位於他們頭部附近的樓梯。所以深夜晚歸時真的很不好意思，但祖父母從未表現出把我們母女當作負擔的態度。

我和我媽只用了二樓一間三坪大的房間。

但從窗口可以看見祖母天天精心打理的院子美麗風景。

祖父母睡的二坪多房間外側有簷廊，幾乎與院子相連，頗有露天而臥的美好風情。所以他們才能忍受這種狹仄吧。即使我媽一再勸他們搬到日照充足的二樓，祖母還是不為所動，堅稱她喜愛父母遺留的銀杏樹，現在這樣就像睡在樹下很幸福，所以還是這個房間好。

早上起床下樓一看，祖母已在忙活。她總是用巨大的湯鍋煮豆子湯，一邊烹煮美味的米飯。我媽打掃著以前是店面的場所。她說身體活動開了人自然就清醒了，看起來很快活。祖父或是曬棉被，或是幫忙洗衣服，修剪院子的樹。大家都有事做，所以我也幫著準備早餐，或者騎腳踏車去買東西跑腿。

全家合作無間一起行動宛如流線作業的氣氛很爽快，就像同舟共濟。如果真的待在船上八成必須這樣分工合作，就是這樣的每一天。

整天忙著做那些事的我幾乎交不到朋友，只有一個死黨，以及交往很久的男友。他是我從高中就認識的，算來已有十年以上的交情。我想這樣下去應該會結婚。

這是多麼狹隘的人生！雖然經常被同學這麼批評，但我回答這是反作用。因為忙著經營光鮮事業的父親幾乎很少回家，我的童年就像是單親家庭那樣住在陰暗冷清空曠的公寓華廈，徒有人數眾多的表面社交，雖然忙得分身乏術，卻沒有任何人事物打動我的心靈。

「幫我盛飯好嗎？小咲。」

如今憶起祖母開朗的嗓音，我還是會哭。

「鬆鬆的盛飯不要用力壓實喔。」

祖母總是這麼叮嚀。

如果盛飯時漫不經心，祖父的手會在拿起飯碗的瞬間停頓一下，這是我搬來同住半年之後才發現的。停頓的時間短暫得幾乎無法察覺。祖父一輩子都不曾開口提及那件事，但我並未忽略。雖然沒有忽略，好歹學會了如何盛飯才不至於讓祖父的手停頓一下，但我很好奇，二老究竟是何等人物？

他們很像那種光是存在就自有風骨的哲學家。

「爺爺，你的手為何會停頓一下？難不成有怪味道？是我盛飯的方式毫無章法？」

我屢屢探詢，但他總是說，

「手就是不自覺頓了一下。不過飯和平時一樣好吃喔。沒事。」

想必真的就是那樣吧。祖父絕非故意講反話的人。

早餐只有新漬的泡菜和味噌湯和煎蛋。偶爾也會吃塗滿奶油的吐司與水果與優格。我們邊看電視邊安靜用餐。不時也會稍微聊兩句。

「媽，毛衣的破洞我幫您補補吧？」

比方說我媽會這麼說。

「編織是妳的看家本領嘛。」

祖母會如此回答。

「我只是隨便縫縫啦。」

我媽笑了。

「要像上次一樣，弄得像拼布一樣五彩繽紛喔。」

祖母也笑了。

「那樣會像嬉皮一樣沒關係？」

我媽接腔。

「那樣才好。有種和年輕人同住的新鮮感。」

祖母說。

那種時候電熱水壺總是靜靜燒著開水，在常用的清潔茶壺中有碧瑩瑩的綠茶。

我每每在想，人的生活真好。那怕在學校或工作地點遇上多麼無聊的事，或者被逼著感到不趕緊行動不行，但時間的流動從來不會因此打亂步調受到影響。

「奶奶，晚上我想吃牛肉。」

我說。

「牛肉啊，可是爺爺已經咬不動了。」

祖母說。

「我會把肉煮得很軟。」

我說。

「放點義大利巴沙米可醋試試。」

祖父提議。

「是上次對面酒鋪給的，我一直很好奇。那玩意，妳不覺得和醬油裡摻了甚麼東西的味道完全一樣？」

「我可以理解。就像醬油摻了米醋？」

我媽說。

「那就貴得沒道理了。幸好是人家免費贈送的。」

祖母笑了。

我總覺得好像有甚麼巨大的、慈愛的存在正從院子的樹梢看著這一幕。清風徐來，形狀猶如奇蹟的銀杏樹葉翩然飄落。

我爸這個獨生子出於對安靜雙親的反彈心理，變得格外愛熱鬧，這個家庭對他來說過於樸實無華，對我和我媽而言卻是暴風雨後終於抵達的休憩樂園。

爸爸的人際關係，是從專門服務那些肯花大錢上館子的客人衍生而來，而且做的又是餐飲業，所以夏天和冬天總會收到許多生鮮食品當作中元節及新年賀禮。

要消耗那些禮品不僅傷透腦筋，還得斟酌對方的行程安排在不失禮的時間點送上最適當的回禮。

迄今只要想起每年夏天與冬天我媽守在電腦前拼命寄送中元節及新年賀禮的模樣，還是會感到心痛。難受的感覺重現心頭讓我喘不過氣。

等我稍微大一點之後，我們母女會一起去百貨公司的禮品賣場訂購賀禮，回程吃點好吃的東西，送禮這件事總算變得有點樂趣，但在年幼的我看來，我媽獨自處理那些賀禮的背影好孤獨，好像總在應付沒完沒了的嚴苛作業。

她也曾弄得雙手血淋淋地剝生牡蠣殼，與活跳跳的蝦子格鬥。還剝過數量龐大到匪夷所思的芋頭皮。而且這種東西三天兩頭都會送來。雖然的確很豪華也很感激，但在同一時期收到大量這類東西也的確很為難。

「一下子送太多吃不完，能否分散到春天和秋天寄來？」這種話當然說不出口，況且基本上都是我爸不在時收到無法保存的食品，所以我媽只好努力烹調後送去祖父母那裡大家一起吃掉，再不然就只能趕緊送去爸爸的店裡。但是和預定食材無關的少量食材對店裡而言也很難派上用場，因此爸爸不太高興。即便如此還是得笑咪咪地打電話給送禮的人道謝，弄得爸爸很不耐煩。

在家裡宴客招待別人時也是，為了不在任何客人面前出醜，必須在家具及室內裝潢下功夫再三審視調整；若是出外用餐，媽媽也得精心挑選適合對方的餐廳，我也必須換上最討厭的正式服裝與皮鞋。

能夠擺脫那些人際關係，心情不知有多麼開懷。

再也不用扔掉心愛的破舊運動衫。再也不必在餐巾漿挺的正式餐廳，熬到深夜睏倦不堪，卻還得努力附和對方的說詞。

當然那些客人之中也有我喜歡的出色人物。也有懷念的場面與最棒的餐點回憶。爸媽說那必然會對我的將來有所助益，我自己也這麼認為。

但是，對幼小的孩子來說負擔太重了。自己失禮的表現居然會直接對爸爸的工作造成負面影響！

相較之下祖父母的生活幾乎毫無刺激的安排也沒有特別的食物，每天乍看之下一成不變很單調乏味，但就像潛入搖晃不定的美麗海水中。那段期間我總有種在寺廟修行的感覺。

迄今我仍完全無法了解祖父母涵養之深的秘密。

後來，在祖父母的晚年，爸爸也經常露面，我們的關係變得更平和，家族歷史也被塗上安穩的新頁。

然而爸媽離婚時期的爭執，對於青春期的我而言，畢竟還是太沉重，剛搬到祖父母家的那段日子，我變得胃口很小。

我想或許是因為自己覺得，既然再也吃不到身為義大利餐廳主廚的爸爸做的料理，既然爸爸已經拋棄我們，我索性再也不吃了。

爸爸位於銀座的餐廳，基於老闆的喜好裝潢得很時髦，而且吧台區有很多位子以便客人隻身用餐或情侶用餐，餐廳位於大樓的四樓，因此深受許多微服出訪的名人喜愛。而且爸爸好像正和其中一人談戀愛。

青春期的我「自己是爸爸全世界最愛的人」這個堅固的幻想破滅了。

因為我吃得太少，傷透腦筋的祖父母叫我「至少喝點分發給鄰居的豆子湯上層的清湯」，每天都會給我喝。

湯一貫都不是什麼太特別的東西。

我百思不解，大家幹嘛特地來喝這個？

以祖父騎腳踏車去大關連鎖超市買的雞肉與扁豆、馬鈴薯、胡蘿蔔、番茄、大蒜為基底，再加上當季盛產的新鮮蔬菜。把食材稍微煸炒一下後加入清水，祖母會不時撈去浮渣然後就只是讓它一直煮。

起初我喝不出味道。口感清淡又濃郁，只覺得是一種很曖昧的飲品。

那時我純粹當成義務大口灌下。

然而，有一天，舌頭忽然有了反應。我忽然發現，這碗湯怎會如此美味！那是一旦嘗到滋味後，絕對不會厭倦的絕妙滋味與鹹淡。

當我這麼發現時，世界霎時恢復了色彩。

窗外的樹枝與綠葉看起來鮮活得匪夷所思，家裡的地板也好似閃閃發亮。真是的，其實對我本身而言根本沒有任何影響嘛，辛苦的毋寧是媽媽——我重新找回了能夠這麼想的餘裕。

「那麼小的房子擠了一家四口？」

學校同學總是很驚訝。

我倒是完全不在乎。或許是天性窮酸，公寓大樓的走廊太寬敞，夜裡好像有人躲著讓我很害怕，所以無比溫馨的祖父母家，夜裡就是明確的黑夜，早晨就有亮麗的晨光，反而讓我安心。

明明沒有哪裡整理得特別井然有序，但祖母打掃完畢後，家裡看起來熠熠生輝。

即便下雨天也莫名地閃閃發光彷彿特別興奮……好像有肉眼看不見的小生物活

力充沛地四處飛舞。

走廊的某些部分已有破洞，祖父隨便拿塊木片釘補後，每次我總是絆倒。老舊的窗戶玻璃沒有修理，只是把破掉的那片換上新玻璃，所以看起來格外突兀。但是回到家說聲我回來了，即便家裡沒人在，還是會覺得整個家在歡迎自己，就是那樣的房子。

至今我偶爾還是會對爸爸的工作有所感觸。

我是說，我發現我們居住的世界不同。

爸爸總在午後起床，去店裡，備料，忙著開門營業……聆聽吧台前那些貴客名流才有的煩惱，菜都上完了就陪客人聊天，店裡打烊後就與手下員工或客人去喝一杯或是吃消夜。然後黎明將至時搭計程車返家。怕味覺遲鈍所以盡量滴酒不沾的原則已成往事，到了離婚那段日子，他已慢慢開始喝酒。

在這種餐廳過著天天接觸昂貴事物的生活，說來奇妙，如果沒有高遠的志向好像會漸漸變得不太正常。會認為吧台上的才是真正的煩惱、真正的人生，越疲憊就越會對那個抱持玩弄的心態。

即便如此，在我和我媽去店裡坐在吧台前的時候，爸爸還是會滿面笑容端出許多他的拿手好菜，向其他常客介紹媽媽和我。爸爸做的菜擁有足以與豆子湯匹敵的美味。爸爸想必也繼承了祖父母的才華。能夠做出讓人溫暖、得到慰藉的料理。我想那的確拯救了銀座的人們。只不過世界不同，只不過場所不同，其實與豆子湯是一樣的吧。

那個世界不適合我，讓我有點落寞。

對於那種風月場合的世界，我大概還像小孩子一樣反感吧。

「你應該也有那種才華吧？你來家裡煮豆子湯，再把做法教給我們不就好了。這樣就可以提供給客人。」

媽媽說。

「話是這麼說，但每天近距離旁觀的是智子妳耶。我只有小時候喝過，早已不記得了。」

爸爸說。

「我知道材料，也看過製作的程序，但我就是煮不出那種味道。大概是我太粗線條？爸媽他們的事前準備工作精細得令人害怕。」

媽媽說。

「嗯——是嗎？被妳這麼一說，反而激起我的鬥志，那就試試吧？」

爸爸說。

「不過，是免費的吧？」

「爸媽都說過，如果收錢就失去意義了。」

媽媽說。

「我還沒做過免費的料理。那種心態恐怕會流露在味道中。」

爸爸說。他總是穿著看起來很昂貴的衣服，戴著很昂貴的金色手錶。雖然品味不怎樣，但他幾乎整天都待在店裡所以也只能把錢花在那上面，況且他說接受招待去各種場所吃飯時，如果穿得太寒酸會很失禮，所以才這麼打扮，想想的確言之有理，純粹是我自己心態彆扭。我開始誠實地這麼認為。以前我總是覺得爸爸像暴發戶一樣很丟臉。

「做做看不就知道了。」

媽媽說。

「如果能做出免費的料理，個人的格局也會更大喔。馬上不是就有寶寶要誕生嗎？你都這把年紀了。」

「妳也從喝湯的客人中找個好對象，趕快再婚吧。」

爸爸說。

「要靠免費的熱湯撫慰心靈的人，我才不要。」

媽媽說。

「看吧，這才是妳的真心話。」

爸爸說。

「不過，大家都會留下白米或一點錢或水果當謝禮，所以或許不算真的免費。」

媽媽說。

「不管怎麼說，當我們在想這種事情時，就已證明我們終究比不上兩位老人家，也做不出那種味道。這點就老老實實承認吧。」

「說得也是。」

爸爸老實地點頭同意，把我嚇了一跳。

若是以前，這時候爸媽鐵定要大吵一架了。

「不過話說回來，至少總比不做好吧？而且在我想來，所謂的免費，或許其實是非常殘酷的一件事？到頭來等於是讓對方背負那個。我是說自己得到的東西。日積月累之下，恐怕會腐蝕那個人吧？」

爸爸說。

媽媽沉默。

我也猛然一驚。

「俗話說沒有比免費更貴的東西，果然是真的。」

媽媽說。

「正因如此，大家臨走時才會留下一點謝禮。雖只是一杯熱湯，但每個人其實都受到神的考驗。」

想到這點，大家都沉默了。

溫和沉穩的祖父母內心，潛藏著對他人的真正嚴苛。是這個震撼了我們。

「當然我想我老爸老媽應該都沒有惡意。只是，在我想來，他們是為了自己在累積。我是做菜的人，所以有些部分我能夠理解。吧台就是這點不好，在我們店裡，有些客人根本不是來吃飯的，只顧著聊天。也有人瘦得像竹竿卻只喝葡萄酒吃點生菜沙拉。如果一天到晚為這種事情生氣，會淪為三流餐廳。不管對方怎樣，總之我盡力而為端出最好的成果，唯有這個想法不斷砥礪我。」

爸爸說。

「這種有點感人的小故事，你應該在離婚之前講給我聽。」

媽媽說。

「我以前最討厭就是妳這麼毒舌。」

爸爸說。

氣氛開始變得不太對勁，我急忙開口。

「大家半斤八兩，如果是真的討厭對方才離婚就好囉……」

女兒這種掀底牌似的發言，令二人同時間沉默，然後開始討論起採買豆子湯的事。——先去大關超市買來同樣的材料，再試一次吧，你也不可能一天到晚待在這裡，所以如果順利煮出來了，就把做法和訣竅傳授給我，讓我能夠完美複製出同樣的味道。

媽媽最後這麼說。

「爸媽兩位老人家，或許也不是一開始就煮得出那種味道。儘管現在不行，將來肯定能學會。」

爸爸神情愉悅地點頭，但他終究沒有說「我以前最喜歡的就是妳這種個性」。

爸爸和最近懷孕的那個多年女友尚未結婚，不過好像已經同居了。

爸爸有空時會來這邊露個臉，這樣聊聊豆子湯的話題，或是看看我和媽媽過得如何。

我常在想，或許就是這麼回事吧。大家自然而然各自找到好位置，在那裡自然而然待久了，或許一切就會在最適當的場所塵埃落定。

爸爸下次來時，和媽媽單車雙載奔向大關超市。

然後抱了一大堆食材回來。

小廚房彷彿搖身變成義大利餐廳的廚房，我一邊心想「好像哪裡怪怪的」一邊旁觀。

是聲音不對。祖父母煮湯時，有種異樣的安靜。悄然滲透類似人格的東西。以及音樂般的節奏。爸爸的動作卻有太多雜音。自己不會做還這樣挑人家毛病好像很傲慢，但我就是這麼覺得。

我抱著「如果煮成功了我可不想被迫成為豆子湯第三代傳人，所以還是趕緊嫁人吧」這種只管現在顧不了將來的不負責心態看著他們。

然而，沉浸在爸媽發出的雜音中，是件幸福的事。

已經破滅的家庭美夢，淡淡的幻想。

嗶嗶啵啵炸裂消失的泡沫。

我閉上雙眼試著聆聽。不管是好是壞，畢竟我都是從這二人的節奏製造出來的。

「阿哲，你回來了？」
附近鄰居說。
「只是偶爾回來探親。」
爸爸說。
「你從以前就愛面子，總是打扮得光鮮亮麗。」
鄰居笑著說。
「我只是喜歡材質好的衣服啦。」
爸爸回答。
每次鄰居這樣對爸爸說話時，我總會同時品嘗到被人監視的不自在，以及只要保持溫馨關係便可被這樣的眼睛守護的安心感。
爸爸煮的湯雖然相當美味，卻太過美味。
那種增一分太多減一分太少的高湯滋味與鹹淡，爸爸也無法精確掌握。
「奇怪了，小時候我每次感冒老媽都會煮給我喝，所以舌頭明明還記得味道。」
爸爸納悶不解。
「說不定，是後來吃太多美食了……。」
爸爸很懊惱，從他店裡端來不用的大湯鍋，埋頭努力煮湯後才回家。

「你帶一點回去給明美小姐吧？」

媽媽提起爸爸女友的名字。

「也好。」

爸爸說，把湯裝進保鮮盒帶走了。

我想，這裡對爸爸來說還是老家。

我又想，爸爸失去老家後，或許還是渴望有個老家。

在媽媽找到對象再婚之前，或者在我搬出這裡之前，他或許偶爾還是會這樣回來。

雖是期間限定的快樂，至少聊勝於無。

雖帶有惆悵色彩，然而想到爸爸有一天會來參加我的婚禮，回憶還是越多越好，憎恨越少越好。

「爸爸，給我看你女朋友的照片嘛。你們為什麼不正式結婚？」

我曾試探著問。

當時我在起居室看電視，一邊津津有味地吃爸爸工作餘暇抽空做的義式奶酪。

爸爸用和我們家廚房完全不搭調的義式咖啡壺煮了濃縮咖啡。

「我是打算等孩子出生就正式結婚，而且也表明願意入贅，但對方就是不肯答應。如果妳想見她，我隨時可以安排妳們見面。」

爸爸說。

「不，我不想見她，因為現在，我還無法擠出笑臉。爸，你為什麼會愛上那個人？」

「因為妳媽她——妳也知道，她就算沒我也沒關係。可是那個人不能沒有我。」

爸爸說。我覺得這果然是男人會說出來的話，但我沒吭聲。

「沒有照片嗎？」

我又說。

爸爸不情願地取出智慧型手機，找出照片給我看。

坐在店內吧台前的那個女人的外表……非常平凡無奇。總之就是很不起眼，眼睛又細又小，下巴很大，整個人圓滾滾。

「嗯嗯——」

我沉吟。

「難以置評，對吧？雖然不是美女，但我覺得她本人比照片好看一點。」

爸爸說。

「我很意外她居然是這種類型的人。爸你真厲害，總之超厲害。」

我說。

「這個人，現在在做甚麼？」

「她是銀座老牌咖啡店的老闆娘。咖啡店就在我的餐廳樓上。」

爸爸說。

「太厲害了……。我以前或許誤會爸爸了。我還以為對方一定是來你店裡消費的藝人或酒廊的年輕媽媽桑之類的人物。」

我一直不願意詳細打聽爸爸和誰在一起，祖父母和媽媽也壓根不曾提過這個話題。

「我年輕的時候很討厭這個房子。這種閉塞感、狹小、平庸、一切的一切。坐在這間起居室會覺得世上根本沒有甚麼義大利。

第一次去義大利學廚藝寄宿在破旅社，看到窗外流過阿諾河時，看到歷史悠久的街景瀰漫金色光芒時，我很幸福。

咲，妳知道開店是怎樣的一回事嗎？必須對各種人鞠躬哈腰，借用各種力量與金錢，為了怕得罪客人，必須不斷留意客人的需要，而且菜餚還不能難吃。簡直像坐蹺蹺板。本以為是更自由快活的職業，結果倒像是中級主管的更中級。

自立門戶後義大利反倒看起來更遙遠。

在那種情況下要堅持下去，到頭來幫忙最大的，倒是我老爸老媽的態度。我肯定是個超級媽寶吧。人家常說父母太出色的話對小孩沒好處，我認為那是真的。最後我還是選了比妳媽更像我老媽的這個女人。就算我一直提議正式結婚，她還是堅持要等到妳結婚之後再說。」

爸爸說。

「哇，那我壓力好大。」

我說。

唉，那女人如果是個花枝招展的風騷壞女人就好了。如果她是因為爸爸身為義大利餐廳主廚才愛上他，是那種會帶著朋友來吧台喝酒炫耀的女人，我就可以連那個人一起割捨爸爸，心情會更輕鬆。

心中頭一次出現的猛烈嫉妒幾乎令我焦灼不堪。

喘不過氣，兩眼發黑。

他倆不會分手了，鐵定會共組家庭。這麼一想，我就覺得前途無望。在這間起居室，我與我媽今後少了祖父母的人生突然失去豐饒，甚至乾燥無味。

「我也勸過她至少把咖啡店收掉。噢，她父母就是我餐廳所在的那棟大樓的房東。」

爸爸說。

「哇塞，有錢人。」

我說。

「她在五樓後方開咖啡店，現在上門光顧的都是附近的老先生老太太，所以她說在他們過世前不能關門，否則會奪走他們的生存意義。」

爸爸一臉困擾說。

「那，爸爸你現在就住在那棟大樓中！」

因為不願知道所以我連爸爸現在的住處都不曉得，我一直以為爸爸和那個女人住在我們母女搬走後的六本木公寓。

「嗯，她住在那棟大樓的六樓，她父母住在七樓。」

爸爸說。

「奶奶見過那個人嗎？」

我懷著祈求的心情問。

我的陰暗心情，爸爸並未察覺。我希望祖母從來沒見過她，或者見過之後很討厭她。

「老媽來喝過一次咖啡。」

爸爸說。

「然後她說。『智子和咲會跟我一起住。』我看著老媽的臉，頓時明白她雖然生氣，但她對於我一旦決定就死不悔改的行動，以及明美這個人，都已經接受了。老媽一旦接受就絕對不會再提出任何意見，她就是那種人。」

「奶奶也會去銀座啊。她當時穿甚麼衣服？」

我很懷念祖母，不禁追問。

「就是她每次穿的那種樸素的衣服。」

爸爸說。

「太帥了。」

我咕噥。

祖母的衣服雖然樸素卻很清潔，直到最後的最後都帶有好氣味。在人生最後階段，除了爬去上廁所之外幾乎都躺在床上的祖母，在她還能起床時把自己的衣服逐一換上然後穿髒了就扔掉。她說，這樣可以保持清潔又可以減少隨身物品。

結果某一天，祖母笑言，

「小咲，妳幫我去UNIQLO一趟，沒想到還能活到現在，我的衣服真的都丟光了。計算錯誤。」

我也笑了。我媽也笑了。我又哭又笑，騎腳踏車奔向車站前。

所以祖母死時，身上穿的UNIQLO是我完全不熟悉的新衣服。

「父母為人太好這件事已經等於詛咒，我一輩子都擺脫不了了。妳媽媽和奶奶一起住後也變了。」

爸爸說。

「如果媽媽是現在的媽媽我們搞不好也不會離婚了。」我發現爸爸想表達這樣的意思。

年輕時的媽媽，才是那種當過銀座的酒廊小姐，身材火辣，會帶著朋友去爸爸當時工作的葡萄酒吧，以華麗的笑顏擄獲爸爸的壞女人。

在他們婚姻生活的最後階段，媽媽趁著爸爸不在家，丟下青春期的我，自己到處喝酒。不管爸爸說甚麼她都夾槍帶棍地回應，家裡因為媽媽的那種態度弄得氣氛緊張火爆。離婚的原因明顯也有媽媽的錯，況且仔細想想，當時的媽媽很愛玩，和現在的媽媽簡直判若兩人。想必是因為太寂寞吧。而我們搬來與祖父母同住後媽媽不再寂寞了，所以也就不再出去玩了吧。

「奶奶偉大的魔法還籠罩著我們，所以我們才會順應大家的期待烹煮豆子湯。」我說。

既然是人，祖父母心中想必也有種種黑暗的毒液。顯然是表現在他們用自己的偉大，某種程度上將我們牢牢綁住的行為。

二老就像植物一樣高潔地漸漸枯萎。

起初是祖父無法再騎腳踏車去採買，端不起沉重的湯鍋，祖母的手開始顫抖，當他們說恐怕已無力再煮豆子湯時，他們貼出公告將在某月某日結束煮湯。

最後一天的大排長龍成了本地的大新聞。

想讓隊伍最後一人都能喝到湯，所以附近居民說，不用每人一杯只要一人一口就好，大家流著眼淚分享熱湯滿懷感激地啜飲。當時我哭了，媽媽也哭了。而祖父母只是笑吟吟。那是毫不在乎周遭悲傷，只是努力做完自己該做之事的人才有的微笑。

總是咕嘟咕嘟沸騰的豆子湯氣味就此在家中消失，年邁體衰的祖父母做不到的事情每增加一項，心情已不再是窩囊，只是安靜地接受。雖有寂寞，但就像看著雪花在太陽照耀下確實消融，是美麗縹緲、人生必然伴隨的寂寞。

「總之，不妨暫時試試看吧。最主要是妳媽媽能安定下來就好。用不著永遠做下去，不過，至少這樣她有說話對象了，而且幫助別人也能轉換心情。」

爸爸說。

乾脆爸爸和那個女人開店賣豆子湯算了……？我本來想這麼說，但爸爸選擇的路不是那樣。是更大筆的金額和人們的利害得失愛恨糾纏的荊棘之路。而且那個女人單靠一杯咖啡八成就足以做出匹敵豆子湯的事了。

至於媽媽得以生存、獲得慰藉的方式，肯定正是豆子湯吧，我想。

有地方住，拿到綽綽有餘的贍養費。我也幾乎已長大自立。在這樣的生活中，做自己能力所及的事，媽媽在某種程度上是認真想重新供應豆子湯。為了追悼比任何人都親近的祖父母，她想繼續煮豆子湯。否則她不可能向爸爸低頭，說出請爸爸幫忙煮湯這種話。

我有種莫名的恍悟。雖然有點好像一切都在冥冥之中被操縱的心情，但那種感覺並不壞。有身體，或許就是這麼回事。光是想起祖父在寒冷的早晨出門去採買時的背影，還有祖母軟綿綿的笑容，我就一點也不想生氣。

聞味道就知道。爸爸的豆子湯一天比一天進步。

我發現那種引人食指大動的香味漸漸又回來了。雖然還是有差異，雖然那種差異無法輕易填補，但爸爸已經煮出了那種難以言喻的輕柔香氣，那種只有被稱作祖父母的人才能創造的感覺。

爸爸每周來煮湯已經有二個月的時間了。我很久沒有這麼頻繁見到爸爸，幾乎忘記爸媽早已離婚。

不僅如此，就連祖父母曾經在這裡，或者，他們早已不在這裡的事，全都恍如一夢。

抱著這種念頭坐在起居室，店門口忽然出現一個小女孩。我懷疑那或許也是夢。是個穿著卡其色七分褲和紅色毛衣年約八歲的小女孩。

她怎麼看都是活人，卻一直站在店門口不動，所以我出聲喊她。

「對不起喔，我奶奶死掉了，所以已經不煮豆子湯了。等哪天煮了再分送給大家。」

年約八歲的小女孩搖頭。毛衣肩頭的頭髮隨之微微晃動。

「那妳要甚麼？」

我說著站起來。

小女孩拿出一個包裹遞給我。

「請把這個供在老奶奶的牌位前。」

「這是甚麼？」

我接下包裹。裡面是高級護手霜。

「我看到老奶奶的手總是很粗糙，老奶奶過世後，我一直覺得很愧疚。」

「我一定會替妳送給她。」

我微笑著說。

我在想，原來也有這樣的人啊。

「我知道這種事應該在奶奶活著時做才有意義，但我還是想送給她。」

那孩子口齒清晰地說。

「因為我和媽媽經常來喝湯。」

「妳媽媽是誰？」

我問。

「住在二巷的須崎。」

那孩子說。

「噢，就是總在周日一大早來的那個人吧？這麼說來，我也見過妳。」

我微笑。

「那時候我更小，不過，我一直耿耿於懷。」

那孩子輕聲說。

「謝謝妳喔。」

我說。

她能夠做出這個舉動並且湊巧讓我目睹，我感覺到好像連自己都變得比較成熟了。後半段時間有了洗碗機所以還算好，但祖母的手的確總是因為洗東西弄得很粗糙。原來也有人看到了。而且真的把心情化為行動。

也會有這種事啊，我暗忖，一邊把護手霜悄然供奉在牌位前。一邊對奶奶說，如果在天堂也會雙手粗糙，就請使用這個吧。

畫插畫的死黨在舉辦團體聯展，所以我去了銀座。

送上慰勞的禮物，吃著畫廊供應的點心喝喝茶，東拉西扯地閒聊一陣後，我搭電梯經過爸爸的餐廳，直接去那家咖啡店。

其實與死黨碰面期間，我一直拿不定主意要不要去，說來抱歉，連畫作都看得心不在焉。

那是一家絕對稱不上咖啡店的老式喫茶店。內部裝潢是淺色的，明亮，清潔。店內有幾個客人坐在吧台前安靜喝咖啡，所以我不由自主立刻在卡座乖乖坐下。

店內靜靜流淌的莫札特，也帶有令人遙想昔日美好喫茶店的懷舊氣氛。

「妳該不會是咲？」

那個女人立刻來到我的座位。

「妳來看我？謝謝。」

「妳是明美小姐吧？妳好。爸爸被我們抓公差負責煮湯，所以經常來我家。在妳懷寶寶的時候真是抱歉。」

我說。

「啊，不過我今天不是為那種事而來，是朋友在銀座辦展覽所以順路過來看看。我想見妳。之前長期不聞不問很抱歉。」

肚子已經隆起的她實在太像祖母，害我忍不住頻頻道歉，同時很想放聲大哭緊緊擁抱她。並非哪個地方長得像，是動作和表情一模一樣。那種彷彿從內在熠熠發光的感覺。

一方面也覺得，等這個寶寶誕生後，爸爸就不再是我一個人的爸爸，恐怕也不會再來了。

「哪裡，歡迎妳來。」

她說。

「但願豆子湯可以順利完成。」

人們說出的話，與內心的想法往往可能差了十萬八千里。我認為那種情形更普遍。即便內心千頭萬緒還是會表現得四平方穩，說出自認為應該比較得體的話。

但她講那些話是真的是心口如一。

我目不轉睛地看著她，點頭稱是。

吧台的老先生叫她，她朝我莞爾一笑後跑過去。

「這個皇家奶茶的牛奶哪兒賣的？特別濃郁香醇呢。我每次都想問妳。」

老先生說，

「就是附近那家超市的普通牛奶。或許是和茶葉一起煮過後感覺特別濃郁吧。」

那樣的對話和音樂一起緩緩流淌，室外的陽光和煦溫暖。

「這讓我想起以前去印度的時候。」

「哎呀，說不定那是山羊奶喔。」

這是家小店，所以對話通常別人也聽得見，但並非刺耳的噪音，所以只是淡淡流過。這種深受客人喜愛的店內氣氛，雖然我家不是開店做生意，卻同樣令我懷念。

「大家都是老人家，所以還有人昏倒時身上只帶著我店裡的名片，結果是我接到通知趕往醫院替那個人送終。到頭來我還是無能為力。甚麼都無法替別人做。所以至少在這裡的時候，我希望他們能夠稍微享受到幸福安詳的氣氛。還有人因為位子太溫暖坐著坐著就打起瞌睡呢。」

她又回到我座位後說。

「這間店真好。」

我說。

「咲和我想像中完全一樣。」

她含笑說。

「孩子的事，請妳別介意。雖然我或許沒資格說這種話，但是歡迎妳隨時來找妳爸爸，共度快樂時光。我真的不要緊。」

這些話，應該是真心話吧？想必不是諷刺也不是刁鑽講反話，更不是想炫耀她的勝利。如果這是演技，那簡直是影后級水準，我心想。她全身都散發出一種素樸感。到底是怎麼長大的，才能夠變成這樣？

「明美小姐的父母呢？還健在嗎？」

我問。

「不僅健在，其實還很年輕呢。我父母二十出頭就結婚生下我，我這個獨生女是在溺愛中長大。他們現在健康地住在這棟大樓的樓上。這間店本來是他們管理大樓之餘開來打發時間的，但我早早接手店裡生意所以他們就退休了，現在三天兩頭在國內四處旅行。雖然別人經常取笑我會投胎，生在有錢家庭，但我們一家其實並沒有過得那麼奢侈。只要看看我家裡就知道。等寶寶生下來歡迎妳隨時來玩。我是說真的。神經大條算是我唯一的長處。」

「這樣啊……那個，我說這話沒有別的意思，我只是覺得心要有餘裕才能夠寬容種種事情。」

我說。

「因為我父母年紀輕，所以我自己的心態還像個孩子吧。肯定是這樣。」

明美說。

「該怎麼說呢，大概是所謂的適才適任吧，總之我爸需要妳。」

我說。

「對不起，我爸目前還經常在我家出入。」

「那當然沒關係，因為對妳爸爸而言，你們依然是一家人。人生如此漫長，總會經歷很多事嘛。沒有哪個人之前是一片空白。」

明美笑了。

她的笑顏烙印在我內心深處，很痛。

那是一種很想緊抓住誰，拼命搖頭，恨不得當作從未發生過，無處可去的疼痛。

然而我有種預感，這樣的痛，只要不逃避，遲早會變成美好的傷疤。

「我從小就被人家數落神經太大條，實際上也的確如此，不過也許我只是無法靠自己俐落地處理很多事。」

明美撫摸著肚子說。

「我一直以為妳是那種住在有水晶吊燈和真皮沙發、位於水畔的高層大樓，華麗的銀座居民。」

我說。

「是我誤會了，對不起。」

「只有身為銀座居民這點倒是說對了。」

明美笑了。肚子裡的寶寶也跟著搖晃。悠哉地搖晃，我想，那肯定會是個慢條斯理的好孩子。

然而一走出大樓，不安就在心頭形成小小的陰影向我控訴。

等孩子出生，爸爸就會從家裡消失。大家都走了。祖父、祖母都不在了，圍繞豆子湯的人們也消失了，熱鬧消失了。現在的我將變得毫無價值……。
這樣想像下去越發恐懼，於是我看手機。
有人來過電話，一看之下是男友。
我回撥過去，他用正常的聲調說：
「我現在剛結束工作，妳在幹嘛？要不要一起吃晚餐？」
「如果是吃關東煮的話。」
我回答。
「又是關東煮？好吧，反正我今天也想吃那個。」
他說。
「傍晚七點約在代官山車站可以嗎？那樣我就來得及趕去。」
我說。
「妳現在人在哪？不在妳家附近？」
他問。
「我在銀座。」
我說。心情漸漸穩定下來。
「噢，妳去看留美子的畫展？」

「沒錯。」

「結果怎麼樣？」

「很棒。」

「下周我也去看。妳要不要再看一次？」

「好啊，一起去。」

這樣一如往常的對話後掛斷電話，我發現心頭的騷動，以及彷彿出現黑洞般的寂寞與恐懼，全都消失了。雖然不是夫妻，但這正是所謂夫妻對話的功效。明明甚麼也沒說，還是可以讓某種東西安安穩穩地就定位。

剛才那種宛如闇黑長夜毫無前途的心情，要歸咎是明美造成的很簡單，但我其實心知肚明。

那是潛藏在我心中「看著我！拜託只關注我一人！沒有任何人肯注視我」的心情，以及羨慕明美甚麼都不用做就已不知不覺受到各種人關注的心情，從我心中自行拖曳出的沉重包袱。

我有男友，也有好友，有媽媽，至於爸爸不管怎麼說想必還是會來看我，還有寶寶，我要去看寶寶也可以，不去看也沒關係，照理說今後我要選擇甚麼樣的生活方針都可以。就連祖父母也是在疼愛我的情況下過世。爸爸的義大利菜超棒，我隨時都可以去吃。

況且今後應該又會天天忙著煮豆子湯分發。

那個送護手霜的孩子或許也會來吧……。

想像的無邊無際讓我恢復自由。

世界太遼闊，所以即便對我無關緊要的人們，也各自有對他們而言至關緊要的人。而對我無關緊要的人們之中，或許將來也會出現變得至關緊要的人。或增或減，或多或少。能夠封閉自己的只有自己——雖然封閉起來或許更輕鬆，還大可將責任歸咎他人，也就不會那麼沉重——我如此自言自語。

銀座的天空一片蔚藍。我彷彿從惡夢醒來，神清氣爽地大步走向車站。

那種沉重的包袱，肯定是我孩提時代的包袱。

那是自己完全無能為力，只能眼睜睜看著爸媽關係日漸惡化，想憑著自己的魅力卻無法挽留任何一方的那種無力感的殘餘。

「媽，豆子湯如果完成了怎麼辦？」

我問。

雖然不及祖母，但媽媽好歹還是維持了家中清潔。房子雖狹小卻有種不會羞於見人的井然有序。清新的空氣瀰漫，佛壇總有可愛的鮮花妝點。

「應該還是會分發給大家吧。畢竟湯已經煮得漸入佳境了，況且周六周日上午也閒著沒事。再者，仔細想想，正因為有大家送來的各種謝禮，家裡幾乎花不到甚麼菜錢。只要我們不奢侈的話。」

媽媽說。

「反正我們家永遠都是味噌湯配白飯再加一樣配菜和泡菜。」

我說。

「就是啊。我每個禮拜會在熟人的店裡幫忙看店二天，所以也不是毫無收入。我想日子應該過得去。爺爺留下一筆錢，妳爸爸全都給我了。仔細想想，我真是太有福氣了。」

媽媽說。

「那個明美好像也是好人喔。」

我試探著說。

「我想也是，會愛上他那種濫好人的女人，如果不是超級強悍，就是跟他一樣的濫好人。」

媽媽笑了。

「不過，我總覺得，好像善人大遊行，我有點跟不上。會很累。」

「媽妳也講得太過了吧。」

我大吃一驚。

「死去的爺爺奶奶，還有妳爸爸，他的女朋友，全都是善人，有信念，有生活方式，我只是覺得看了都累。」

媽媽真的很受不了似地說。

「那妳幹嘛還要開始煮豆子湯？」

我說。

「為了讓爺爺奶奶高興。還有，我想看別人喜悅的表情。不過，看到那些貪心的人大排長龍，反而比看到善人更讓我如釋重負。或許是我家教不好吧。還有，因為我真的很喜歡奶奶。」

媽媽說著頓時眼眶含淚。然後她說，

「因為我母親過世得早，我就像幼雛緊跟著母鳥，總之就是很喜歡奶奶，只想緊跟著她。說來我們明明是婆媳關係，很奇怪吧？做奶奶以前做過的事，我就會覺得奶奶好像還在我身邊，會很安心。這大概也是一種洗腦吧，被善人洗腦。唉，我看我還是趕緊交個年輕小男友彼此講講廢話，一起去洗色色的溫泉算了。」

「雖然不太懂，但我覺得那妳就那樣做個徹底也好。」

我說。

「那妳呢？」

媽媽問。

「我幫妳。」

我說。

「周末上午忙得團團轉已經成了一種習慣，如果少了那個，反而坐立不安。」

「早上稍微忙碌一下，和各式各樣的人聊聊天，對健康也有幫助喔。」

媽媽說著微微一笑。

家門前有人自然而然聚集，有活力，有笑容，忙著作業。然後那些人又一個接一個離開，家中倏然恢復安靜時那種獨特的充實感。

我開始衷心懷念那種氣氛。

雖然之前結束煮湯時，還曾慶幸終於可以恢復安靜的周末生活，終於可以開始不被任何人請求的日子。

「好，接下來只要繼續複習即可，我會偶爾過來檢查。」

爸爸如是說，那天，我們坐在矮桌前靜靜啜飲完成的豆子湯。
「嗯，味道相當接近。那種感覺又回來了。」
我說。
「嗯，好懷念！」
媽媽也說。
我們其實是因為難以忍受失去祖父母的沉重壓力，所以才有這段煮湯時期來發洩心中積鬱，所以才需要這樣一段緩衝時間讓自己不再孤寂。大家的心裡隱約早就惆悵地明白。
「我再問妳一次，咲，妳還這麼年輕，每個周六周日的早上又要開始分發豆子湯，妳不會排斥嗎？妳的工作應該也不輕鬆吧？」
媽媽說。
「沒問題，反正已經成了一種生存意義，也很感謝大家送來的東西。偶爾還有人包錢給我呢。」
我說。
「如果不改變免費的原則，那就不要收人家錢了。」
媽媽說。

一家三口喝著熱呼呼的湯，頭碰頭圍坐在小矮桌前，低聲交談。如果以前就能這樣過日子，我們這個家或許也不會破碎了。

不過，若是那樣，也就不會有那個女人的笑容，以及在她肚子裡安然沉睡的寶寶了。

明明是不熟悉的人，明明是尚未見過的寶寶，不知為何我卻欣然接受，覺得他們還是存在比較好。

「啊——好想奶奶。」

媽媽一邊嚼豆子一邊嘟囔。

「我也是。」

爸爸說。

「你的舌頭，是奶奶贈與的寶物，你的店要好好加油。」

媽媽說。

「聽說你老婆也是個好人。」

「雖然只見了一下子，但的確是個好人。」

我說。

「我聽說了。她說咲去看過她。」

爸爸說。

「我還是覺得，大家都是善人，我招架不住。」

媽媽說。

「大家都是好人，大家感情融洽地交流，彼此慶幸氣氛真好——這樣雖是一則佳話，但我認為就免了。我還是在這裡分發豆子湯就好。寶寶也不必給我看。」

「媽妳在鬧彆扭？」

我說。爸爸沉默不語。

「不，我是說真的。」

媽媽說。

「妳說討厭善人，但妳不是很敬愛我老爸老媽？」

爸爸說。

「那不是因為他們是善人。而是因為他們成了我真正的家人。」

媽媽神情認真地說出和上次一樣的話。

我和爸爸肯定同時都在想，這個人就是這樣所以才好吧。

「清田家的人不曉得會不會再來？」

媽媽迅速轉換話題。她這種轉移話題的方式也是爸爸當時相當不滿的地方，但他現在好像已經習慣了。

「妳說的清田家，是後面那戶人家？是媽媽？還是女兒？」

爸爸淡然接腔。

「是女兒。人如其名，很清雅喔。」

我笑了。

清田女士這位阿姨每個月會來二次，義務幫忙分發豆子湯，或是把餐具不斷放入洗碗機清洗、擦拭，有時還會捐贈餐具給我們。

「那個，她有時候不來，是為了不增加我們的心理負擔。」

媽媽說。

「的確。如果她每周準時來報到，我們也會喘不過氣。」

我說。

「人真的很任性耶！」

媽媽說著笑了。是那種燦爛的笑容。想必媽媽其實也一樣少了豆子湯就提不起精神吧。

每次想到家門口又會門庭若市，明明不是開店做生意卻有種開店的喜悅。

「開店其實也不錯吧？」

爸爸彷彿看穿我的心事般說道。

「雖然基本上做的泰半是不起眼又單調乏味的工作，不過看到客人津津有味的神情，就會欲罷不能。」

「是啊。雖然我們這不是開店，但我能體會。」

媽媽說。

「當然，碰上分發豆子湯的日子，你也可以帶你老婆和寶寶一起來。」

「等將來有機會吧。」

爸爸說。

「所以偶爾也要請我們去你餐廳免費吃一頓喔。」

媽媽說。

「如果免費，對其他員工不好交代。就五千圓吧。但松露或生火腿這些東西我會給你們用最好的食材。」

爸爸說。

今後會怎樣，誰也不知道。

爸爸在孩子出生後是否還會這樣上門？

是一個人來，還是帶著老婆和寶寶一起來？

我會嫌寶寶很吵，還是會覺得好可愛，愛上寶寶？媽媽又會怎麼應對？是繼續抗拒加入和樂融融的大家，還是會坦然接納？

雖然看到清田女士和她的朋友在我家轉來轉去四處幫忙，身上散發出過於強烈的「我在做好事」的光芒有時會讓我多少有點羨慕，但之後一起吃個豆沙餅是否就會忘個精光，又恢復人類特有的粗枝大葉又樸拙的良好心態？

是否又會看到大排長龍就煩躁，對人們迫不及待的神情感到厭煩，但人們捧著熱湯呼呼吹氣的神情，不知為何又顯得美好可貴，讓我忍不住感動落淚？

祖父母已經不在，搞不好重新推出的熱湯風評欠佳，從此門可羅雀也不一定。

媽媽會因為接棒當豆子湯老闆娘而變得圓滑嗎？抑或越發深入自我的內心世界變得更加古怪？

在那樣的情況下，當我不抱希望時是否也會有人彷彿偶爾扮演神的代理人，認真看著我為我送來一支護手霜？

即便我們這般愚魯、滿心困惑又容易隨波逐流，然而，或許有個無比巨大的崇高存在，一如祖父母在世時那樣從院子的林蔭深處悄悄注視我們。老實說我不知道那是好是壞。但我想，大概亙古以來就有這樣一對眼睛注視著人類這種生物吧。

天使

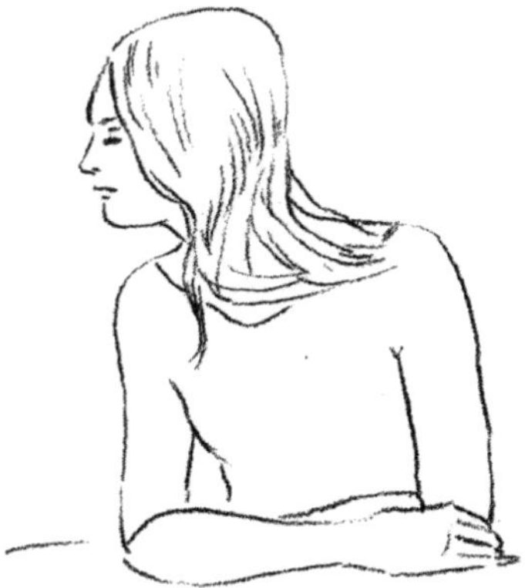

「像妳這種人怎麼不去死！」

有生以來第一次被別人這樣說。

「要是世上沒有妳就好了！」

這句話也是頭一次。雖然看連續劇時經常聽到，但現實生活中是第一次。

對很多事情都徹底少根筋的我，首先被這個事實嚇了一跳。

出現在我眼前的，是鈴木先生那個美麗窈窕、帶著墨鏡看不清眼睛的前妻。

離婚後聽說她幫著娘家做生意，也交了新男友，總之據說過得順風順水，所以我真的很驚訝。

她堅持有話一定要對我說，於是我只好心不甘情不願地赴約，沒想到在站前咖啡店等著我的居然是這種咒罵的洗禮。

我太驚愕，只能瞠目結舌。

然後我想我必須採取攻勢，最好是可以讓對方嚇破膽的攻擊，於是猛然舉起手。

店員慌忙過來了，

「請給我一份正常SIZE的起司漢堡。」

我說。

鈴木先生的前妻果然詫異地閉上嘴巴。

我也不說話。

然後當起司漢堡在十分鐘之後送來時，我毫不猶豫地伸手用力捏扁漢堡，放進白色紙袋，開始凶猛進食。肉汁淋漓，弄髒了雙手，我盡量狼吞虎嚥製造效果。

鈴木先生的前妻默默起身。朝著出口大步走去。

這大概會是我最後一次見到她吧，這麼一想，忽然感到有點依依不捨。完美的修長雙腿，高跟鞋。閃閃發亮的皮包。看起來似乎不是她特地為今天準備的戰袍，只是平日習慣穿著的衣物，感覺很老練。

她走了，再也不回頭。永別。

我心想，我贏了，但是再一想，鈴木先生的前妻叫了超級昂貴的單杯香檳和綜合起司盤。

「居然不付帳就跑了！」

飽餐一頓後邊用手背抹嘴邊嘀咕，已是我竭盡所能的狂野表現了。

鈴木先生開始來我的住處，是最近的事。

因子宮癌開刀失去生育功能的我，對結婚已完全失去興趣。或許就是因此才多了一分從容，擄獲了他。

我很愛孩子，當時甚至為此在幼稚園打工，所以得知自己無法生育時非常失望，對一切都不在乎了。出院後我越發拼命打工。

之後我從幼稚園轉換到嬰幼兒寄養福利院，開始接觸照顧起來更麻煩的孩子們，但工作的幸福依然不變。

我從以前就覺得嬰兒和幼兒超級可愛。甚至覺得世上只有那個才是唯一確定的事。

自從自己無法生育後，我越發衷心期望每個嬰兒都能得到幸福，所以我很受孩童歡迎。所有的孩子都會主動依偎在我身邊。

單純的我覺得那樣也不壞。

我的父母從以前就一直說我是笨蛋。

他們說我只顧眼前，從來不懂思考未來。

然而，看到父親事業失敗自縊身亡，母親再婚後與除了美國文學之外甚麼都不懂、不食人間煙火的大學教授過得恩愛，我覺得自己並無太大的錯誤。

母親以前多少還意識到要與父親做進口貿易的合夥人妻子來往，絕對少不了流行的鞋子與皮包，但她現在已從那些東西徹底解放，穿著灰撲撲極不起眼的服裝。雖然不起眼看起來卻很幸福。

與其那樣往反方向搖擺，不如保持原來的自我或許更好？這麼一說，母親再次把我當笨蛋。她說人生就是要不斷變化成長。

可是，當我想到開完刀在病房哭著撫摸我肚皮的母親，就算她罵我笨蛋我也全然不在意了。

傷口匪夷所思地迅速癒合，等我精神抖擻地出院後又去幼稚園報到時，鈴木先生也開始經常出現。因為是時常看見的熟面孔，給人的印象又很好，所以我開始跟他打招呼。

一問之下，他說就在幼稚園旁的大樓一樓那間擁有可愛陽台的小餐館當老闆兼主廚。

從此我偶爾會在下班後去他的店裡吃飯。

諸如麵包配肉醬或生菜沙拉配濃湯那種程度的簡餐，在三十分鐘內解決。葡萄酒只喝一杯，咖啡回家再煮，抱著那樣的感覺，除了寒冬以外，我都是趁著天色還亮在露台區吃完立刻走人。

鈴木先生對每個人都笑嘻嘻，因此我壓根沒發現他對我有甚麼特別的意思。

這件事告訴母親後，她又罵我是笨蛋。

我也有我的辯解。我剛在鬼門關走了一遭。因為差點死掉，所以今後就算只為自己考慮也不為過吧。別人怎麼看我完全不重要。天氣晴朗的傍晚，我會樂陶陶地想著今天不用自己開伙，一邊品嘗葡萄酒吃點下酒菜，為了這種程度的事情就動不動沾惹愛情實在太麻煩。

鈴木先生每次只是笑嘻嘻招呼我。

而且他總是把店裡打掃得很乾淨，流理台擦得晶亮，晾著抹布。就算有很多打工的男服務生女服務生，他還是一臉幸福地親自打掃。乾淨得光是看著就讓人覺得很舒服，更厲害的是他不只打掃，還會親自替每張桌子換上鮮花。看著他連花瓶的黏滑污垢都洗得乾乾淨淨，心靈彷彿也受到洗滌。因為他的清潔沒有那種神經質，感覺就像陶藝家玩黏土一樣自然。

料理本身或許馬馬虎虎，但鈴木先生的小餐館在清潔方面絕對值得信賴，對於討厭打掃的我而言是比家裡更輕鬆自在的空間。

「我也知道夢想還是就當作夢想比較好。」

在幼稚園附近的花店前不期而遇時，鈴木先生突然這麼說。

鈴木先生的前妻在咒罵我之前曾經狠狠嗆我「明明心機這麼深，還故作天真無邪」，但當時的我根本無暇想像別人的想法，所以真的只是萬分驚訝。

對於劫後餘生的我而言，能夠親眼看見五顏六色的鮮花和自己腳上的指甲油、手上指甲的光澤、天空的蔚藍無垠等等事物遠遠更重要。

「請問你在說甚麼？鈴木先生。我聽不懂。」

我說。

「這二年來，自從一見鍾情後，沙季小姐一直是我的天使。只要一天能夠見到妳一次，我真的就已滿足了。」

他說。

「那你繼續保持下去不就好了。」

我覺得很麻煩，如此說道。

「我也不知道，對不起，剛才，嘴巴就自己行動了。」

鈴木先生面帶紅潮說。膚色白皙的他，臉頰真的是很漂亮的顏色，讓我看呆了。鞋尖雖已磨損，但擦得很乾淨，這點也很好。他沒有因為個子矮勉強穿上「恨天高」厚底鞋，也讓我很欣賞。

鈴木先生的外表，就像是纖細白皙版的安藤忠雄。雖然纖細白皙好像就已經不是安藤忠雄了，但俐落的動作和五官很像。

我是安藤粉絲，甚至剪貼安藤忠雄的相關照片自己製作寫真集，所以也不能說他完全不是我的菜。至少，他的確是我有好感的大叔。說是大叔，其實我想我們大概頂多差個十歲。

「鈴木先生，你有小孩嗎？」

我問。

「沒有，沒生小孩就離婚了。現在單身。」

他說。

「這樣啊。」

我失望地說。因為我在想，如果有小孩，那我跟他結婚就有可能當媽媽了。

「天使好難懂……」

鈴木先生嘟囔，那種旁若無人的嘟囔方式讓我不禁眼冒金星。覺得他真有男子氣概。

「拜。」

說完我就走了。

我認為如果繼續對話下去，某種東西會變得太多，於是速速離去。當時我覺得，連小孩都生不出來的我根本不需要男人。

以前，我曾流掉一個當時男友的孩子。

從此，以及失去子宮以來，每晚我在想的，就是只要能讓我回到流產的一星期前，我願意做任何事。

那樣的話，我絕對不會下床。我會躺著不動，連廁所也盡量不去，我會和寶寶說話，勸寶寶哪都別去。

想到這裡悲從中來，我仰望滿天星斗。

為何如此喜歡寶寶的我卻不能有寶寶？

我問神，神總是回答：

「小孩畢竟只有一段期間是小孩。」

原來如此，恍然大悟的我還是止不住淚水。

「可我想看到將來。我想知道那會是甚麼心情。我想知道當我變成老太太有了孫子時是甚麼心情。」

神不再回答我，我繼續想。

「等哪天身體狀況比較穩定了，就去孤兒院工作吧。將來全國各地都會有自己養育過的孩子帶著孫子回來看我。」

然後，我終於可以忘記失去的寶寶與子宮安然入睡。

「那妳為何不現在就去孤兒院工作？」

當我說出那個想法後，鈴木先生瞪大雙眼這麼反問時，我有如大夢初醒。

「啊？可是，現在還有我得負責照顧的孩子，況且還要定期回診……」

我說。

「可是，妳現在不是很健康嗎？在這裡吃飯，每天早上起床，工作……如果擔心病情危及生命的話不是更該趁早去做自己想做的事嗎？啊，對不起，我講話太重了。」

他的餐館那時湊巧沒有任何客人，工讀生也出去採買了，助手在忙著備料，鈴木先生剛把沙拉和白葡萄酒還有豌豆湯端來給我。

湊巧聊到目前的工作時提到我每晚的儀式，結果鈴木先生一聽，就立刻表示。

「有道理。」

我說。

我幹嘛要等？等甚麼？等癌症復發？這麼一想不禁毛骨悚然。不知不覺竟被病魔引誘了。

「如果不嫌我冒昧多事，我可以介紹妳去熟人經營的嬰幼兒寄養福利院。我每年會去那邊義務煮四次飯。啊，不過地點在世田谷，如果妳去那裡上班我就不能天天看到天使了。我在搞甚麼啊。」

鈴木先生說。最後那句幾乎是喃喃自語。

「算了，沒關係，只要沙季小姐高興，那就夠了。反正應該還有見面的機會。」

這種行動力簡直是安藤忠雄嘛，我暗想，變得相當喜歡鈴木先生。

在我去福利院當志工而後轉為兼職人員的期間，鈴木先生相當明確地看著我。從只可遠觀的天使到房間髒亂三十出頭的平凡女子，我認為他已經把我看得夠清楚了。

然而，鈴木先生對我的感情日益升溫，他開始每天來我家一下。似乎是因為我不再像以前那樣經常去他店裡，所以見不到面令他難以忍受，他說下班後只要十分鐘就好，他想見我一面。他說否則活著也沒指望。

而且他來到疲倦返家的我的住處，也沒有特別做甚麼，只是喝喝茶吃點自己做的輕食，替我清理屋內。不過，並不是大掃除，只是在我轉身去泡茶時，不知不覺屋子就被他隨手整理了一下。

「我的身體已經不能生小孩了。」

我說。

「可是，世上不是已經有很多小孩？老天爺一定是覺得沙季小姐如果有了孩子會惹得很多小孩吃醋，所以認為現在的狀態最好吧？」

鈴木先生說著笑了。

「即使我家很髒亂你也喜歡我？即使我不是天使？」

我問。

「不管妳是手臂很多毛，還是屋裡養蟑螂，或者不會摺疊洗好的衣物，妳都是天使。」

鈴木先生說。

手臂多毛這一句令我有點介意，不過他這番話很動聽。

「那，歡迎你隨時來。隨你要留下來過夜、煮飯、打掃都可以。」

我說。

這話聽起來好像很傲慢，但其實是順勢脫口而出罷了。

然後我從抽屜取出備用鑰匙。

「這個給你。從今天起，你隨時可以把這裡當自己的家。」

鈴木先生哭了。

我心想，人一哭就會變回小小孩呢。「小鈴木先生」是以甚麼方式哭的，習慣照顧小孩的我可以看得分明。我心想，真是可愛得要命。任何孩子都可愛得要命，任何人都曾是孩子，是的，但就算是天使也無法應付所有人，所以量力而為即可，我想。終於可以寬宥失去子宮與流產的事。

我把從口袋掏出乾淨手帕擦眼淚的鈴木先生摟進懷中輕拍他的背。

鈴木先生擁抱我，與我熱吻後離去。被擁抱時鈴木先生的心跳好大聲，我真怕他萬一心臟病發作怎麼辦。再沒有比成為某人的夢想更可怕的事了。但我想這大概是全世界的媽媽都知道的沉重壓力。或許就是因為自己無法生育，我們才會以這種形式遇上。

「我好害怕，今天無法再更進一步了。」

他說完，蹦蹦跳跳在夜色中離去。

彷彿擊出全壘打的棒球少年。

我在想。

從各種年代的鈴木先生那裡不知不覺得到許多的，其實是我。彷彿時光倒流，各種年紀的他進入現在的他。

如果真的以自然的方式喜歡上一個人，自己絕對不會吃虧。自從鈴木先生來訪後，我越發理解這點。

他會迅速烹製大量的小菜替我冷凍儲存。葡萄酒也替我冰在冰箱，甚至真的替我打掃家裡。

雖然在百忙之中還要抽空做這種事，他卻變得越來越有活力。

替福利院義務煮飯時，他也會研究小朋友愛吃的東西提供完美的菜單，人氣越來越高，連附近居民也來協助捐款。

而我們尚未發生肉體關係。

保持現狀就好、渴望持續目前這種狀態的氛圍，強烈支配了我們。

「剛才你的前任老婆特地來車站見我喔。白喝了一杯香檳就走了。」

鈴木先生來時，我這麼說。

雖然極力想保持客氣，但講話的語氣變得比國中生還隨便，也忍不住流露找碴算帳的氛圍。我臉紅了。

鈴木先生一聽，

「啥？我都已經有一年沒見過她了。」

他說。

「她好像非常憤怒喔。」

我說。

他說當初是對方一再出軌，也是對方先提出離婚在雙方同意下和平分手，所以也不用付贍養費，現在純粹只是有過一次離婚紀錄，看他的反應好像說的都是真話，所以我也很納悶。

「不過話說回來，你前任老婆和我是截然不同的類型耶。」

我說。沒忘記特別強調是「前任」老婆。

「我的頭髮長，眼睛大，屁股也大。她是細長的丹鳳眼，短髮，身材纖瘦好像東方模特兒。」

「因為我們還在念書時就結婚了。」

他說。

「是在巴黎學習廚藝時認識的。」

「是喔。人都有過去嘛。不過，到最後我還是搞不清楚她在氣甚麼。」

我說。

「目前她並未和我有甚麼聯絡。」

他一邊盛裝生火腿一邊說。

「那她到底氣甚麼？」

我說。

仗著那種毫無根據的怒火，就敢叫人家去死，我認為很誇張。

正因為一直陪伴著被人嫌棄「要是世上沒有你該多好」的孩子，度過艱辛的每一天，所以那句話事到如今有點刺痛了我。

被說成笨蛋雖然有點介意，但我在嬰幼兒寄養福利院深深學到，「笨蛋」遠比「希望你不存在」好上太多了。

這種刺痛心扉的不快萬一讓癌症復發了怎麼辦？我有點擔心。現在依賴我的福利院院長和嬰兒還有孩子們，到時候又會嘗到寂寞滋味。唯獨那點讓我很不安。

「我想一定是因為沙季是天使。」

鈴木先生說。

「她大概沒想到前夫能夠得到天使。離婚時她說『現在姑且先離婚，等時候到了說不定又能再一起』原來是認真的。一年前見面時，我也完全沒有動心。當初是我先愛上她所以離婚後我一直無法徹底放下，但是遇見沙季後，我已不再迷惘。她大概覺得不對勁，去調查過了吧。我猜想。」

「人真是累啊。」

我說。心情相當糟糕。

「還有，鈴木先生不只是對我……原來你只要愛上女人，每次都會這樣迷戀很久啊。」

「妳第一次吃醋！」

鈴木先生異常開心地笑了。

結果突然間，在擔心被人家當成情敵惡言相向可能影響細胞讓癌症復發的同時，我也開始非常介意迄今未與他上床的這件事。

「你為什麼不跟我睡？」

我說。

「……我怕太緊張無法勃起會很丟臉。」

鈴木先生面紅耳赤說。

他的過度老實連我都臉紅了。

「況且，夢想一旦實現就不再是夢想了。到時候或許無法努力工作。」

鈴木先生說。

我還是當場把衣服脫光了。

然後，

「你看，我有毛，也有洞，乳頭也意外很黑，普通得很。就是個普通人。」

我試著告訴他。

他露出又哭又笑的表情，隨手拿起旁邊的毯子裹住我，

「別鬧。」

他說完又跑回去盛生火腿。

不過，他站在廚房的背影太溫柔，讓我有種很美妙的預感。

後來，我沒穿衣服一直裹著毯子，鈴木先生神色如常地吃吃喝喝就走了。我也只好在他面前半裸身體像野人一樣吃生火腿。

一邊心想今天好像是命中注定要享用特別狂野的餐點。

從窗口俯視鈴木先生，只見他腳步輕快地遠去。就像立下大功的人，果然又是蹦蹦跳跳的步伐。

一定會有好事發生，今後會有非常快樂的事——就是會萌生這種心情的步伐。

但鈴木先生離去後，他前妻說的話還是縈繞耳畔。

就算沒有我，她又以為能怎樣？

不，鈴木先生很溫柔，所以說不定有一天真的會和她怎樣。

想到這裡，突然覺得自己是個很寒酸的愛人。

窩在狹小的屋子，每天做著一再重複永無止境的粗活，就此結束一天，沒有特別的夢想，也沒有錢，被愛只是錯覺，一旦實際發生肉體關係就會讓夢想立刻失色。好像就只是這樣的人。

我沖個熱水澡，努力思考明天會見到的嬰兒和孩子們，但孩子們終有一天會離開福利院，然後又會有新的嬰兒加入，全世界不被需要的孩子們源源不絕。這是無止境的戰鬥，憑著這衰弱的身體我究竟能堅持多久……抱著那種心情，我頹然倒在床上。

然後我做了一個夢。

我在疑似醫院的場所。

過世的父親神色凝重地在那裡。

「這些，這些，雖然有各式各樣的名字，但沙季，說穿了其實都是抗癌劑。」

我來回比對藥物的標籤，搖搖頭。

可以看見母親在遠處的沙發上哭泣。

我心想，我該走了，這時陌生的醫師出現，

「您要用哪一種藥？每種都是提高免疫力的藥物，住院是為了做檢查。」醫生滿面笑容說。

父親已經不見了，我看著醫生的眼睛。

啊啊，我又生病了嗎？明明不是剖腹生產肚子卻出現巨大的傷疤，要住院嗎？這次要切割哪裡？又要體會割開身體後那種軟弱的心情嗎？

這麼一想，我的眼前發黑。

雖然看似渺小平凡，但我有事想做，也有人需要我，有人夢想著我——我很想這麼說，努力動嘴巴，試圖說出這不是無聊的人生。

結果，忽然有個聲音說「失火了」，醫生頓時從眼前消失。

醫院的窗戶突然陷入火海，我四處尋找本該陪伴在側的父親與母親，並且大聲呼喊「爸爸！媽媽！」但他們不在周遭任何地方，濃煙密布伸手不見五指。我心裡想著必須趕緊逃往出口，但柱子朝我倒下。

怎麼辦？這麼想時，濃煙的彼方，出現拄著拐杖的鈴木先生。我這才想到鈴木先生曾說過他以前去滑雪結果嚴重骨折住院長達數月，當時他仔細觀察位於醫院窗口下方的餐館，因為那家餐館太棒了於是決定去那裡工作。出院後他就去那家餐館打工，當店主罹患嚴重的肺氣腫入院時堅決拜託他，他只好慌忙前往巴黎認真學習廚藝直到店主去世，回國後他也拼命幫助店主的遺孀和孩子，一邊繼承了餐館，他說就是現在他的那家餐館。

為何他現在會拄著拐杖？我在心中想，於是鈴木先生揚起被火焰照亮的臉孔，

「因為夢想最重要。」

他說。

這也太會唬人了吧，我很想笑卻發不出聲音，身體也動彈不得，鈴木先生就拄著拐杖揹起我，在濃煙中開始逃離火場。即便柱子倒下，不知哪裡有甚麼東西破裂，鈴木先生還是毫不退縮地一步一步向前走。沒有任何事物可以嚇阻他。即使燃燒的柱子在眼前倒下，也無法傷害鈴木先生。

「病魔已經追不上來了。我的夢想擁有強大的力量。帶給夢想力量的就是妳。」

鈴木先生說。

我像被父母揹在背後的小女孩般乖乖點頭。

我想，這樣就沒問題了。我不是多餘的，也不是笨蛋。與我接觸的孩子們只要我還在就永遠不會是多餘的。鈴木先生與我會慢慢交往下去。

明明是相當危急的狀況，夢中的我卻如此確信，同時在鈴木先生的背上嘻嘻笑了起來。

不再獨自悲傷的夜晚

阮囊羞澀的狀態說來無奈。

因為我一直做同一份工作毫無加薪跡象，也沒時間做兼差。

我在某繪本作家的事務所上班。

事務所只有我一個職員，一切都得自己動手總之就是忙忙忙。整體而言天天都是累得跟狗一樣才回到家，再泡個澡看看書享受一下這種小確幸，時間便已匆匆流逝。

好好休息調整體能也是工作之一，我對自己如此辯解，拖拖拉拉地維持現狀。

這年頭不景氣，我這人也沒那種本事為了錢四處鑽營，況且這是自己選擇的人生所以心態倒是很篤定。

我不會辭職。唯獨這件事早已決定。

其實很想抱怨經濟拮据的痛苦，但也要記帳做會計的我比任何人都清楚，雇主的資金也絕不充裕。

如果我走了，那間事務所肯定會垮掉。我的角色非常重要，也受到需要與喜愛。

幸好只要我開口要求，老家隨時可以寄來白米。住在老家附近的親戚開米店，至少這點是強力後盾。只要開口要求，一年四季也會送來麻糬。主食得以確保。

心情沉重是因為閉塞感。要保持好心情最困難。只要一出家門到處都是「再多出一點錢便可享受較好的待遇」這種話題。一旦發覺，就會明白，身在都市不管去哪都會碰到錢的問題。

如此更強化了「這種拮据生活該不會永遠擺脫不掉吧」的沉重心情。

我當然也有那種渴望不靠旁人請客自己出錢大吃一頓壽喜燒，或者恨不得趁服裝大減價時一次買他十件衣服的心情沉沉籠罩頭頂的時候。

然而，約莫一年前雙胞胎哥哥過世後，讓我無論是好是壞都在不知不覺中得以逃離「永遠擺脫不掉」的幻覺。

原本只要一通電話便可以隨時聽見哥哥的聲音，也可以去找他吃飯，只要打聲招呼過幾天便可看見哥哥。

然而，我的靈魂明明還無法接受，這些事已變得不可能，突然間一切就將永遠無法實現。

開公司做蝦子養殖與進口貿易的哥哥，在越南搭乘國內線班機時因起飛失誤和公司數名同事一起死了。

我作夢也想不到，有生之年竟然再也見不到哥哥。

雖然並沒有甚麼「早知如此應該如何如何」的遺憾。

因為哪怕是吵了架或一段時間沒見面，我和哥哥始終親密無間。

然而他的離世刻骨銘心，我開始深切感到，將來的事真的誰也無法預料。

所以，明天要如何如何的想法，除了寄予希望之外一概無能為力。

不過話說回來，倒也不是因為明日命運未卜就甚麼都不在乎，我只是發現，單純懷抱著希望並且一心一意過日子非常重要。

那個周五晚間十點，哥哥的女兒，我的侄女SAKI打電話來。

「欸，阿崎，我今天可以去妳家過夜嗎？」

我和她的名字發音都是「SAKI」。據說是哥哥期許「女兒能夠像妹妹阿崎那般擁有異常健全的心靈」才特地取的名字。

但那只是哥哥一輩子對我抱有的錯誤認知，其實我也有種種問題。

我也會有晦暗的負面想法，有時也想沉溺在不健康的事物中。然而，哥哥直到最後一次見面時還在嘖嘖感嘆「妳的反應每次都這麼健康」。

順帶一提，那次的對話主題是「婆媳關係」。

「老媽為什麼就是和媳婦處不來？」哥哥如此抱怨，於是我說，

「他們之間本來就沒有血緣親情，我倒認為處不來才是理所當然，而且兩人都喜歡你，所以短期之內必然相看兩厭，可能再過個十年關係才會比較穩定吧。」結果哥哥聽了就瞪眼說出前面那句感想。

我認為，理所當然地認定他喜歡的人就該和平相處的哥哥，遠比我更有健康的心態，但我沒吭氣。

我自己也覺得，雙方還能保持沉默，算是很健康了。

親生女兒取個和妹妹一樣的名字，老婆不會反對嗎？我本來有點擔心，但他老婆十分推崇的某算命大師好像也大力掛保證，所以那個名字順利獲得採用，我唯一的侄女就此取名為SAKI。

「SAKI」轉眼已十歲，到了會打電話給我這個「崎」的年紀。

「可以是可以啦，但妳媽咪不會生氣？」

我問。

「我離家出走了。我有留字條給她。」

SAKI說。

「啊？不會吧，拜託別把我拖下水捲入那種問題。太麻煩了。」

我說。

「妳很無情耶，阿崎，我現在真的很沮喪。妳要幫我。」

SAKI語帶懇求說。

小孩子的懇求聲，和大人下命令時的聲調一樣。只顧著逼別人接受對自己有利的狀況。

不過，仔細想想，發生在她身上的事的確非同小可。

爸比在一年前突然死掉，媽咪因為悲傷和驟然增加的工作重擔一蹶不振，猝然出現種種變化的生活讓大家都變了吧。

在那一切之中最讓她無法適應的，我想，或許就是爸比死後一年的現在這個時期吧。

連我都每天納悶不解。

為什麼老哥最近都沒打電話來？——類似這樣的感覺。

好像少了甚麼……啊，是哥哥，最近都沒見到哥哥。

每次有那樣的感覺，心頭就會一陣刺痛。

在越南確認了面目全非的遺體，面對那種慘狀當下呆若木雞的時候還算好。可是時間一久，我發現自己心中竟也有一小部分因為本來就未與哥哥同住，因此渴望當成全部沒發生過。這肯定是在逃避現實吧。

我很想就這樣盡可能長久地逃避下去，但SAKI出現眼前時總會令我鮮明地想起哥哥的臉孔和肩膀的感覺，所以有點難受。

當然，我和哥哥是雙胞胎，雖說不是同卵雙胞胎但SAKI可能也有和我一樣的感覺。只是小孩子誠實得不可思議，所以當她思念哥哥時就會渴望見到我。

而我母親和大嫂本來就像前面所述，一如普通的婆媳關係不太融洽，所以哥哥過世後自然也變得越發疏遠。我不僅長得像哥哥，和母親的感情也很好，因此我覺得嫂子好像也有點刻意躲避我。

我想那全部都是一個人頓失所依後自然的震驚反應，因此我純粹只是冷眼旁觀，任由時間流逝，一切塵埃落定各歸其位。

「妳幫幫我啦。」

SAKI已語帶哽咽。

「真拿妳沒辦法，那妳來吧。我去車站接妳。」

我說。

「我已經在車站西出口的書店裡了。」

SAKI說完就啪地掛斷電話。

這種掛電話的方式是甚麼意思？真拿小鬼頭沒辦法啊，我想。

小孩總以為一切都會如自己所願。他們會使性子，鬧彆扭，企圖操控局面。想到那是人類與生俱來的本能，不禁驚訝竟是如此巧妙的技巧，但再仔細一想也不見得是與生俱來。

說不定，所有人都是打從襁褓時期便透過與父母勾心鬥角，不得不學會那種技巧。

我把錢包和鑰匙往布包一塞，套上涼鞋，前往走路只需五分鐘的車站。

獨居久了，這種時候周遭的人們看起來渾似風景。

完全忘記每個人其實各有各的生活，有人際關係，有各自的住處。

都市人口過度密集，導致每個人的個性消失，看似魚群。

周末的夜晚路上行人很多，然而或許是因為經濟不景氣，空氣有點凝重，好像有很多無法解決的東西充斥空間。

然而，以我的個性就算感覺到那種東西也向來不以為意。

只要稍微轉換心情或投入工作，便可讓那種凝重擴散。我的雙腳現在踩著地面走路，唯有這個事實。

不過如果在這個時代身為孩童，而且突然發生天崩地裂的大事件，我懷疑，自己不知究竟會變成怎樣。

對學校的課業不怎麼感興趣，父母想必也不會給太多零用錢，也無法盡情看電影或電視，朋友之間鐵定也缺乏共同的經驗吧。

站前的書店很熱鬧，煌煌如白晝的日光燈下，嶄新的書本一字排開。挑選書本的人，站著翻閱的人，走動的人，打電話的人。大家彷彿在同樣的節奏中演奏出悅耳的音樂。

我在漫畫區找到SAKI。

她正在專心閱讀小本漫畫。

眉頭皺得很緊。

「SAKI。」

我喊她。

她滿面笑容地看向我，絲毫感覺不到剛才還在哭泣的氣氛。

於是很不可思議地，本來因為被打亂生活步調有點不耐煩的心情，以及帶有「不想被捲入麻煩」這種獨特色彩的曖昧心情，全都倏然消失了。突然變得輕鬆愉快。感覺上，是那種「此時此刻怎能不與此人共度！」的心情。

對這種化學反應感到訝異的不只是我。

SAKI也很吃驚。

「咦？好奇怪，一看到阿崎，好像突然就精神百倍了。剛剛還覺得找不到出口，眼前一片漆黑，可是現在卻有點愉快。這到底怎麼回事？」

她說。

互相喜歡的人見面時肯定心情也是如此吧，我想。

之前那種有點恐懼有點沉重的心情，大概就像跳高前的助跑。

我微笑著說：

「既然都已經出來了，那就喝點飲料再回家吧。妳肚子餓不餓？」

「不好意思，還真的餓了。等一下，我要買這本漫畫。」

她說著，取出錢包想去收銀台結帳。

「我買給妳。」

我說。

雖然知道等她看完後八成會隨手扔在我家不要了，我還是想買給她。看著這個只帶了小錢包與搭車用的Suica卡，明知我不見得在家卻還是不顧一切逕自來到車站的小不點，想到那瘦小的肩膀已背負太多重擔，我想至少替她付個錢並不為過。

人生如果不偶爾對SAKI好一點，怎麼過下去啊，我嘟囔著走向收銀台。

深夜和大人一起進入外面的商店，似乎讓SAKI大喜過望。

在站前的小咖啡店裡，她一直不安分的動來動去嘻嘻笑。我叫了啤酒，她叫了薑汁汽水。我點的薯條被她吃得狼吞虎嚥，於是我又叫了一份炒飯。

「哇——蝦仁炒飯這年頭已經很少見了耶。真令人懷念。」

SAKI說。

「妳到底今年貴庚啊，講話那麼老氣橫秋。」

我笑了。

「爸比也喜歡蝦仁炒飯。」

她說。

她不是那種成績優秀的好學生，運動方面也很普通，不是惹人注目的孩子。卻繼承了哥哥不可思議的直覺，不時說出犀利言詞。

「我媽咪和奶奶處得不大好，所以媽咪都不在家裡做蝦仁炒飯了。因為爸比對奶奶的蝦仁炒飯贊不絕口。所以說囉，當小孩的最吃虧了。只能默默看著那種情形。大家明明都知道，可是我如果說出來就會挨罵，所以只能老老實實一點一滴看著。人類就是這樣被塑造出來的吧。」

SAKI說。

「的確，或許是吧。」

我由衷點頭同意。

「這家的蝦仁炒飯雖然好吃，卻還是比不上奶奶的蝦仁炒飯。好想吃喔。我如果吃了，爸比留在我體內的遺傳基因一定會很高興。」

她說。

「如果我們一起去的話氣氛應該不至於太糟吧？奶奶家我隨時可以陪妳一起去。」

我說。

「嗯，好啊。身為孫女，不方便見奶奶真的很困擾。」

她說。

這間明亮的咖啡店有許多深夜下班出來放鬆一下的人們。有人在看書，有人和住在附近的朋友相約見面聊天，有人獨酌。在那些人看來，長相相似的我們像一對母女嗎？那種幸福地一同生活，相偕回到同一個家的母女。

肯定想不到竟是失去兄長與失去父親的二人悲傷的約會吧。

在這店內的人肯定各自都有類似的故事。

人們看著就像相同風景的一部分，但察覺他們肯定各自相同又截然不同後，正如前面也形容過的，彷彿發現海中遇見的大量魚群原來也有心智，令人毛骨悚然。

世界太廣袤，還是專注在自己身上好好思考吧，我茫然思忖。一邊想到哥哥如果還在，八成又會在這一瞬間說出「妳真的很健康」。

「欸，SAKI。妳幹嘛離家出走？」

我說。

「跟妳說喔……」

她正準備娓娓道來。

這時我的手機響了，一看來電顯示是嫂子打來的。

「阿崎，SAKI在妳那邊嗎？」

嫂子說。聲音很鎮定。大概已經憑本能察覺SAKI和我在一起吧。

「嗯，她剛剛突然跑來找我。」

我說。

「可以的話我希望妳把她趕回家，但恐怕也行不通吧。妳能暫時收留她嗎？如果實在不方便，看甚麼時候讓她自己坐計程車回來也行。」

嫂子說。

最近她每次跟我講話都是話中帶刺口氣很衝，不過今天的她不知怎地感覺比較從容。

我暗想，八成是有了新男人吧？動作真快！

可我並未湧現太複雜的感觸。我想，就是這麼回事吧。哥哥與嫂子的關係到最後已經像工作夥伴，所以嫂子並未給人那種會長期悼念哥哥，為他守身如玉的感覺。

「今天住我家沒問題，反正我明天不上班。明天我再看情況跟妳聯絡送她回去。」

我說。

「不好意思喔，在妳百忙之中還打擾妳。那就麻煩妳多關照了。」

嫂子說。

這種不肯敞開心扉的客套，肯定和我那個大剌剌的母親合不來。嫂子是那種事事都自己吞忍默默努力的類型。

嫂子是在越南背包旅行時與哥哥相識，乍看之下雖然不起眼，但是如果仔細打量其實是個大美人，而且身材凹凸有致，我甚至奇怪哥哥居然能擄獲這種美人的芳心。想當然耳，在她孀居後，男人也絕對不會放過她吧。我自以為是地想通。

「剛才是媽咪打來的？」

SAKI說。

「對對對。她說妳可以留在我家過夜。」

我說。

「欸，妳離家出走該不會是因為妳媽咪交了男朋友？」

SAKI頓時瞪大了眼。

「阿崎，妳有超能力？」

「沒呀，純粹是推理。從她說話方式的露骨變化就聽得出來。」嫂子在電話那端的聲音，和之前在不安與不幸中盤旋的聲音截然不同。有點急著出去的味道，因此變得激昂甚至有點浮躁，就是那樣的聲音。

「我忽然發現就各種角度而言，心情好像都變了。阿崎真厲害。可以讓別人心情開朗。」

SAKI說。

「我常被人這麼說，妳爸比也常這麼說我喔。不過，我自己沒感覺。」

我的身材不高不矮不胖不瘦，現年三十五歲。沒有特別惹眼的特徵也沒錢，目前也沒有戀人。唯一比較特別的是身為龍鳳胎，且雙胞胎哥哥在越南經營公司，卻一下子失去了那兩大特點，平凡度頓時大幅上升。

「SAKI，妳媽咪是美女所以不能怪她。男人不可能冷落她。」

我說。

「如果她不是我自己的母親，我當然也說得出這種話。」

她說。

「如果他們結婚了，我就得搬家轉學，或者和那個人一起住在爸比住過的家。那怎麼可能嘛，絕對辦不到。」

她以孩子氣的氣勢狼吞虎嚥蝦仁炒飯，嘴角還沾著飯粒，臉上卻露出成年人的表情。

那種成年人的表情映在咖啡店的玻璃窗上，疊映在夜晚風景與店內情景同樣倒映著的玻璃窗上。

她還有明天，也有許多美好事物在等著她，但我痛徹明白，如果一直在漩渦中打轉絕對不會相信那些。

「何不先緩個兩三年？」

我說。

「這樣妳或許就能比較心平氣和。」

「我不想要那樣的人生。」

她說。

「我知道這樣很幼稚。但是，我想好好講清楚之後再決定。我想得到一個清楚的交代。」

「那種心情我懂。」

我說。

同時回想起自己事事都想黑白分明的青春期。

比方說，覺得不需要的就果斷捨棄。比方說，若能讓自己變得更好就絕對該那樣做云云。

那是在我學到事情並非如此之前，尚處於清澈小池塘中的我清冽的情感。

「不過，有時候懂得順應時勢其實也是好事喔。」

我說。

「可是那裡也是我的家吧？該說是權利嗎？我應該也有權利吧？」

她說。

「可是，大人總是背著我就自己做決定。」
「的確，當小孩很吃虧。」
我說。
SAKI點頭。
「不管怎樣，還是先轉換心情想想其他愉快的事吧。」
我說。
「待會我們買點零食和果汁回去，看看喜歡的ＤＶＤ，開開心心過一晚吧。」
「長大之後，靠這種小樂趣就能解除大煩惱？」
她直視著我說。我知道她是真心問我，所以並不覺得諷刺。
「這個啊，不是逃避，是魔法喔。至少對我來說是。」
我說。
「可以爭取時間，以便抓住機會。在爭取到的緩衝時間內，如果不開心點就不會有魔法出現。」
「萬一過得太開心，忘記本來的目的怎麼辦？」
她說。
「嗯——如果是這麼容易便能忘記的事，忘掉應該也沒關係吧？」

我說。

她露出「問題是怎麼可能忘記」的眼神用力點頭。

在那雙眼中蘊藏著故事多得難以置信的未來。龐大，熾熱，激烈，宛如浪濤聲也震耳欲聾的盛夏波濤洶湧的大海。

我完全被那個震懾了。

那是何等豐饒，且何等溫柔啊，我是說，囫圇吞下一切的「未來」這個概念。

我如是想。

想到自己不知是否也擁有那個，忽然有點徬徨無助。距離人生折返點已經時間不多了。

在我慢吞吞喝完一杯啤酒之際，SAKI幾乎掃光了炸薯條和炒飯，附帶的馬鈴薯沙拉也吃了一半，露出填飽肚子後特有的恍惚神情。

「媽咪即使交了新男友好像還是振作不起來。」

她說。

「媽咪會在半夜嚎啕大哭，或者突然外出。如果是約會還好，我就怕她是獨自出門。」

「畢竟悲劇發生至今還沒過多久，這也是難免的。暫時她可能都會那樣。既然妳這麼擔心她，幹嘛還要離家出走？」
我說。
「因為今天媽咪的男朋友說不定會來我們家吃晚飯。」
她說。
「是喔，不過，將來妳遲早得接受。」
我說。
「會習慣的。」
「嗯，和阿崎在一起，好像就有那種信心了。如果一直待在家中，不知道為什麼，好像想法就會越來越狹隘。」
她說。
走出咖啡店，素來走慣的夜路毫無寂寞的色彩。
我其實很喜歡那種獨特的氣氛。彷彿天地之間只我一人，感覺有點依依不捨。
或許就是這樣才無法結婚。
大家都有目的地或者有人在等著自己，我卻獨自走向獨居的家，夜色看起來好像更暗了。
那種情景帶給我「活著」的切實感受。

然而，現在那完全消失了。來勢洶洶的某種東西席捲了我們。我暗想，小孩真厲害。居然可以把我走慣的路、我每日的風景全部替換掉。

我甚至在想，拜託用那推動一切的力量讓這晦暗沉鬱的世界變得越來越熱鬧吧。

一定是因為人類都討厭寂寞，才會在不知不覺中失常。

比方說，雖然事不關己但我忍不住這麼想：

「欸，嫂子。妳不是還有這麼活潑有趣冰雪聰明又可愛的SAKI嗎？先和她一起打造一個溫暖的家庭嘛。男人晚點再說不行嗎？每天替女兒做飯，帶女兒一起去買菜，打造無比幸福的時光不好嗎？這樣才能重新開始建立新生活吧？」

然而，我知道嫂子自己肯定也清楚這些道理。明知如此還是做不到的肯定就是所謂的成年人吧。在自己的框架內缺氧了就巴不得向外逃。把自己擁有的寶貝當成破銅爛鐵。事情總是這樣。

SAKI緊緊握住我的手。

手心冒汗，感覺很不舒服，另一邊的包包很不好拿，被另一個生物緊貼身體的感覺滿噁心的。

以往向來是輕快獨行的這條路，在寂寞的同時也充滿了自由啦可能性啦正要回家的安心感等等，現在卻成了煩躁沉重的時光。

不過，在我心中的某種事物，讓那變得無所謂。

那不是用肌膚之親或人體的溫暖這類言詞足以說明的。

走在路上，不斷有腳踏車超越我們。路雖狹小也有汽車絡繹行經。

一個手無縛雞之力的弱女子，和一個小女孩。

即便再怎麼努力，在這世上仍是相當弱小的組合。

這樣的深夜裡，在這黑暗襲來的時刻。今晚地球上的黑夜地帶，想必也有數量驚人的暴力事件正奪走人們的生命。

然而，不知為什麼。

我覺得自己與SAKI的組合天下無敵。只要彼此的力量如此緊緊相依，就無所畏懼。真不知道這麼小的孩子、這麼纖細的身體哪來那麼大的力量。我帶給她無窮的力量，而她回報我更多。可以感到這裡有一種莫名其妙的巨大循環。

我想，真正的母親，肯定就是這種東西太多，以致疏忽了這股生猛的力量吧。忘了這種從身體最深處湧現的強悍，開朗。

失去了男人，很悲傷，心情起伏不定，所以先找個新男人再說吧，用那個男人填補空虛後再去考慮其他——另一方面也不難理解這種心情。這種乍看之下理所當然的想法之所以微妙地喪失功能，想必是因為人終究是人這種生物吧。我如此思忖，在月色明亮的夜晚，與SAKI悠然漫步。

回到家，SAKI突然動手把屋內散落的書本全都聚攏疊起令我忍俊不禁。

「妳幹嗎?在替自己鋪床?」

她說：

「不，我是覺得，既然來了好歹得幫忙做點事。」

「不用了，妳快去洗澡吧。毛巾我已經準備好了。」

她那種客套方式給人的感覺和嫂子一模一樣。我邊想邊這麼說。

接下來還得把客人用的棉被用烘被機烘一下，否則搞不好有霉味……唉，真麻煩，我心想，不過SAKI像小陀螺似地轉來轉去感覺很像屋裡養了小貓或小狗，挺好玩的。

拉起窗簾，鎖好門窗，室內充滿安心的氛圍，接下來只要睡覺即可，明明是一如往常的夜晚，卻有種接下來會有好玩事情發生的愉悅。

最近，就算收留朋友過夜也沒有出現過這種感覺呢，我想。

通常都是彼此抱怨工作或聊聊美容話題，大口喝酒碎碎嘮叨吐苦水就此睡著而已。

「阿崎，我不會用妳家的蓮蓬頭——。」

浴室傳來她的聲音，我連忙跑過去教她怎麼切換蓮蓬頭與水龍頭。

「SAKI，妳好瘦。到底有沒有好好吃飯？」

我說。

「我老爸都死了，哪有心情吃甚麼飯。」

光溜溜的SAKI理直氣壯說。

「說得也是喔。」

我說。

我想起哥哥去世後有一陣子我也變得食不下嚥。

「不過剛才的蝦仁炒飯超好吃。」

她說。

「我記得大島弓子畫的漫畫裡，死了妻子的丈夫曾說，暫時只能外食了，看見家中餐桌會受不了，那種心情我真的萬分理解。在我家，反正爸比經常待在越南，所以照理說應該早已習慣沒有爸比的餐桌。但好像有甚麼在根本上不同。就是失去了進食的意欲。」

「好好好，我隨時可以帶妳去奶奶家吃蝦仁炒飯。」

我說著，走出浴室。

SAKI的身體，沒有淤青或被施暴的痕跡讓我鬆了一口氣。

我想，嫂子還不至於到那種地步，可以不用操那個心了。

雖然這麼想還是忍不住檢視SAKI身體的自己固然可悲，但我還不至於天真到武斷認定美麗溫柔的嫂子絕對不會做那種事。人在某些狀況下甚麼事都做得出來。任何事都可能發生。

某個星期天，我有事臨時去事務所，結果發現桌前空無一人，繪本作家在廚房抱著並非他妻子的中年女編輯熱吻。哇嗚！作家馬上要八十歲了，真是老當益壯啊，我心裡暗想，當下悄悄溜出事務所。

後來我曾多次和身為作家夫人的那位優雅老太太喝茶。也曾幫忙更換院子的植栽。事後和頻頻道謝的作家與作家夫人吃著從附近昂貴的壽司店叫來的散壽司說說笑笑。

在我心中，那個行動並不矛盾。

這麼做的同時，我甚至覺得，作家有段最後的黃昏之戀又何妨。

不過，該怎麼說呢，得知嫂子交了男友時雖然也是同樣的心情，心裡卻好像留下某種刺刺的疙瘩。

那個刺刺的疙瘩，我想，八成是我的父母不知幾時自然而然根植在我心裡的吧。

爸比和媽咪不可能永遠是爸比和媽咪。但是，希望他們永遠不變的孩子氣夢想留下的殘影，我想，或許就是這種刺刺的有點受傷的感覺。

SAKI把浴巾捲在頭上的方式，和嫂子一樣。纖細的脖頸也一模一樣。

借住在他們越南的家裡時，我曾多次看過這個樣子的嫂子。

SAKI遺傳了嫂子的一板一眼，看起來遠比我更會收拾，有種有條不紊的風範。

說得也是，今後母女倆必須好好生活下去才行，SAKI也不容易啊，我想。她要自食其力還是很久以後的事。

「要不要吃冰棒？」

我打開冰箱，取出在超市買的盒裝細長冰棒說。當然也替自己拿了一根。

「這種生活真好。我好想和阿崎一起住。」

她說。

「距離妳將來獨立的日子還遠得很呢。」
我說。
「妳隨時可以來過夜，妳享有特別待遇，隨時都可以來。鑰匙擺在哪我也會告訴妳。」
「那我這下子有了避難場所了。」
她說，開始吃冰。
「不過，阿崎的男朋友不會來過夜嗎？今天我本來也很擔心這點。如果不管去哪都碰上每個人的男朋友，那我到底該去哪裡才好。」
「現在沒有男友所以暫時沒問題。」
我說。
「這樣啊，太好了。希望妳永遠都沒有男朋友。」
她笑著說。
「那可不行。」
我也笑了。
這時電話響了。是嫂子打來的。
我接起電話。

「啊，阿崎，SAKI在嗎？」

嫂子說。聲音和剛才不同有點陰暗。從這種巨大的變化也不得不感到她現在的情緒不穩。

「嗯，洗過澡正要睡了。」

我說。

如果她叫我現在把孩子送回去實在太麻煩所以我刻意強調「正要睡了」。

「……是嗎。那妳幫我轉告她一聲好嗎？就說媽咪還是決定不邀請朋友到家裡了。暫時都不會邀請了。」

嫂子說。

「那個朋友是異性嗎？」

我問。

「……是沒錯。我也知道徬徨無助的時候向男人求救不太好，暫時都是在外面當成普通朋友交往。雖然他已經向我求婚。不過我知道SAKI會反感，況且我自己也覺得太快。」

嫂子說。

「嫂子是美女嘛，肯定很受歡迎。」

我說。

「妳這是甚麼意思！瞧不起我？覺得我這麼快就有了男人很不要臉？」

嫂子勃然大怒。

「不是的。」

我說。同時心裡在想，這大概就是俗話說的惱羞成怒吧。

動不動就發飆暴怒，然後又哭又笑。

哥哥八成覺得嫂子這種脾氣很可愛吧——就在我這麼想的瞬間。

我的聲音之中，突然有哥哥降臨。

我猝然開口說話了。是嘴巴擅自行動。

我不是甚麼靈媒，也沒有通靈能力。可是，不知為什麼，我與哥哥重疊，我在一瞬間忘了自己。

哥哥強烈地近在身邊，濃厚的懷念令我自動淚如雨下。

「要幸福，只要妳幸福就好。這樣的話SAKI也會漸漸變得幸福。只要妳別忘記SAKI的幸福，不管誰加入，大家總有一天一定都會很幸福。只要妳耐心多花點時間，我絕對沒意見。

村田君從以前就一直喜歡妳，雖然年紀比妳小，但我認為他是個好男人。只要多花點時間慢慢來，應該沒問題。

我想，哥哥全然不反對。他最擔心的，就是妳喝了酒搖搖晃晃地深夜走在路上，或是在越南亂飆摩托車，丟下SAKI自己出門很久不回來，半夜悲傷得哭個不停。

請妳不要獨自悲傷，請和SAKI一起悲傷。想哭的時候就去SAKI的房間緊抱著她一起睡就行了。而且，不用刻意謹守規矩，一起吃飯後妳可以喝點啤酒直接躺在沙發上小睡片刻也沒關係。久而久之等SAKI和妳的感情變得更好，自然也就容易加入村田君的笑顏了。公司也不能沒有村田君，所以你們可以好好相處。不過，請把SAKI放在第一優先。那是哥哥唯一的心願。」

我雖以我的身分說話但那些內容其實是哥哥想說的。

說完之後，哥哥就離開了。

SAKI驚訝地瞪著我。

「……妳怎麼會連村田先生的姓名都知道？是SAKI告訴妳的？」

嫂子說。

「不是，剛才那個，算是附身？通靈？總而言之，哥哥剛才的確在這裡。」

我說。

嫂子似乎要表達難以形容的心情，一陣沉默。

最後她說：

「謝謝，雖然事情的發展與意見令人一時之間無法接受，但也有些地方必須同意。不過最重要的是，剛才，好像接觸到很詭異的東西，有點毛骨悚然，感覺怪怪的。謝謝。我忽然覺得，太好了。」

嫂子說。她好像在電話彼端哭了。

「我雖然長得跟哥哥一樣，請不要排斥我，偶爾也跟我見個面。」

我說。

「那當然沒問題。」

嫂子笑了。

嫂子破涕為笑居然讓我如此開心，我想，肯定是剛才哥哥在我身上留下的影響。

「阿崎妳好酷喔！妳會通靈！」

電話一掛斷，SAKI立刻說。

「因為我根本沒跟阿崎提過媽咪男朋友的姓名。」

「我自己也不太清楚剛才講了甚麼。但我可以明白，哥哥真的非常愛妳媽咪。

我頭一次知道，原來男人會那樣惦記著自己的妻子。」
我說。
「阿崎，『那樣』是哪樣？」
SAKI兩眼發亮說。
「我想當作今後的參考。」
「這個嘛，就像惦記妹妹或母親一樣。雖然緊黏著自己像跟屁蟲，卻疼愛得不得了，無法想像失去對方，類似那種感覺。當作一個生物個體從頭到腳都喜歡。有點像包容吧……該怎麼說呢，就像母親疼愛小孩那樣。」
我說。
「蛤？是那種感覺？不是當成夢中情人憧憬？超意外——」
SAKI說。
「不過，總之是很棒的感覺。」
我說。
同時感到哥哥溫暖氣息的尾巴也已從自己周遭消失。
宛如黑暗中拖曳而去的閃亮流星。

SAKI說她想看著深夜電視節目吃零食看漫畫喝果汁，因此我的床鋪和SAKI鋪在床邊的被窩周圍變得格外熱鬧。

看漫畫的SAKI露出小小孩的表情，讓我一再想起，對了，她本來就還是個小孩。雖然講話老氣橫秋，卻仍保持著嬰兒時期的面容。

說不定成年人也是如此。

「阿崎，妳現在的工作順利嗎？」

SAKI問。

「歸根究底，阿崎到底在做甚麼？是哪種行業？」

「當繪本作家的秘書，不過那位作家已經八十高齡了。但他還在創作新作品喔。所以工作還挺忙的，但薪水超級少。我在二十幾歲時被人介紹進入那家事務所，但我也沒想到居然一做就做了這麼久。作家的女兒婚後去了美國，一年只回來兩次，所以我等於扮演女兒的角色。」

我說。

「天啊，這樣下去妳還得當看護耶。那樣很不妙喔，還是趁現在趕緊開溜吧？就說妳要和侄女合夥做生意。」

SAKI說。

連我的死黨都不大可能說得如此率直，所以我忍不住笑了。

「可惜前提是我沒有和侄女合夥做生意的資金。」

我說。

「大抵上說到看護，我還做不到那種地步。我想作家的親人會做該做的事。話說回來，我們家爺爺雖已不在了，但奶奶還在，所以我其實也很辛苦喔。更何況哥哥也死了。這把年紀突然變成了獨生女。

不過，我打算直到最後的最後都堅守在作家夫妻的身邊。那應該是一種道義吧。如果我溜走了，他們都是經歷戰火洗禮見過大風大浪的人，應該還不至於恨我，但我自己會很不舒服。」

我說。

「哇，還有老太太啊。簡直太慘了——」

SAKI說。

「妳何不換個更有效率的工作？」

「與其背叛老先生老太太，然後那樣糊里糊塗過日子，我寧願去兼差陪酒也不要辭職。因為我最討厭那種不舒服的感覺了。」

我說。

「阿崎好有男子氣魄！」

SAKI說。

「問題是，妳有領到薪水嗎？」

「其實領不到多少。因為他們年紀大了，所以完全沒發現我比起以前剛去打工時已經老了很多，也沒發現物價持續上漲。他們一直覺得我只是在出嫁前稍微去幫忙打打雜。

其實我正在考慮這種狀態若再持續下去真的得找個副業打工才行。可是他們把我當成自家人，經常連晚飯都替我準備好，到時候我恐怕難以啟齒說要趕去打工，所以現在還在咬牙硬撐。」

我說。

「啊，不過或許還是該告訴他們妳要趕去打工比較好喔。」

SAKI說。

「這樣他們也許就會發現，啊，這個人，原來這麼缺錢啊。然後搞不好就會給妳更多薪水了。」

「或許吧。改天我會和他們商量看看。不過目前還能糊口所以就算了。反過來說，或許就是因為還能糊口才無法硬著頭皮跟他們說真話吧。不過，我很想去越南。來趟追思哥哥之旅。籌不出那筆旅費會有點可悲，所以我想改天還是得去打工。」

我說。

「啊，那我也要一起去。妳等我放假時再去。比方說寒假或春假。暑假也行喔。」

SAKI說。

「帶妳出國太麻煩了。」

我說。

「別這樣啦，我們將來要一起開店，是命運共同體耶。別這麼小氣嘛。」

SAKI說。

「不過，說來說去，妳還是要繼續工作啊。枉費人家真的想跟妳一起做生意。我們兩個可以搬去鄉下，把奶奶也叫來。」

「鄉下？」

我問。

SAKI今後還會變得更長更長的雙腿從被子倏然伸出來。

我對著那雙腿許願：願你們能健康成長，帶SAKI去很遠的地方。去一個讓SAKI不會整天只想和親姑姑做甚麼生意的自由地方。

「對，如果在都市，資金鐵定不夠。」

SAKI說。

「也對，光是付店面租金肯定就很吃力了。不過，如果利用奶奶家的院子說不定可以做生意。只是恐怕沒希望招攬到客人。」

我說。

「因為那裡既不夠鄉下也不夠都市。」

「雖然不夠亮眼，不過沒關係。那裡也行。」

SAKI笑了。

「歸根究底，妳打算賣甚麼？」

我說。

「這個嘛，賣亞洲雜貨。」

她說。

「真隨便，基本上雜貨市場已經飽和了。賣不出去喔。」

我說。

「繪本和雜貨和服裝全都是飽和狀態喔。」

「不行嗎？那麼開咖啡店呢？」

她說。

「接下來也正要到達飽和狀態吧。」

我說。

「乾脆賣奶奶的蝦仁炒飯？」

她說。

「對那種蝦仁炒飯那麼捧場的，只有妳和妳爸比。」

我笑言。

因為炒飯很油膩，只有蝦子靠著哥哥的大力贊助很大顆，不知為何還加了玉米粒，帶有濃重的胡椒和鹽味。但那是無可取代、僅此一家別無分號的美味蝦仁炒飯。

「這點我也隱約察覺到了。不過我對蝦子的味道可是很挑剔的。因為我從小就接受蝦子菁英教育。」

「大抵上，妳將來應該會繼承那家公司吧？」

我說。

「有這個可能，不過那還早得很。這裡又不是古代王朝，繼承人不可能立刻接棒登基。媽咪和村田先生恐怕還要再過三十年才會退休吧？在那期間，我想肯定會有願意接手的年輕人出現。」

SAKI說。

我對她具體且明確的未來藍圖很佩服，不禁點頭。

「我服務的繪本老師也是，說來感傷，但他恐怕無法在第一線再撐個十年。就算他生前退休，預計用一年時間結束事務所，未來十年之內我八成也會變成無業遊民。」

因為對象是個孩子讓我變得特別誠實，忍不住滔滔說出平時很少去考慮的具體問題。

「妳看人家畫麵包超人的作家，超過九十歲了還不是照樣在畫。鐵定還能撐很久啦。」

SAKI說。

「妳這算是安慰我？」

我問。

「是鼓勵。」

她說。

「那，十年之後，如果我一下子變成無業遊民，而妳還想離家出走，我們就在奶奶家開咖啡店吧。奶奶應該會替我們出裝修費用。」
我說。
「店名呢？」
她說。
「店名？先想那個？」
我說。
「先取好店名根據那個發揮想像，會更快實現，這是我爸比以前從經營講座學到的。」
她說。
「或許有道理吧，那，妳想取甚麼名字？」
我問。
「『魯夫』吧。」
「小朋友，妳對現在看的漫畫中毒太深了。應該取個長遠看來不會厭煩的名字。有了，比方說『SAKIS'』。」
我說。
「很俗耶，這名字糟透了，簡直像酒家，駁回。要不然，叫做『海賊王』如何？」

她說。

「妳的想法根本是換湯不換藥嘛。」

我說。

「可是我絕對會喜歡一輩子呀。我每次難過的時候都會抱著這本漫畫睡覺。」

小孩的「絕對」因為不可能，所以感覺真好，讓人忍不住會心一笑呢——我暗想。然後我說，

「好吧，姑且就暫稱為『魯夫』，那會是甚麼樣的店？太大的話會很吃力，所以首先可以確定會是小店。」

「那一帶，如果晚上營業真的會變成酒家，所以就設定傍晚七點打烊吧。」

SAKI說。

「酒類只供應小罐啤酒，可以用低價弄到蝦子充實菜單。和媽咪的公司簽約就行了。」

「比方說賣蝦仁炒飯、奶油炒蝦、蝦子披薩和蝦子義大利麵？」

我說。

「料理有這些就足夠了。」

她說。我接話：

「那會變成討厭吃蝦的人絕對不光顧的店喔。聽起來已經很有畫面了。就像昭和時代的古早喫茶店。」

「那樣最好，不會太時髦。至於店內裝潢，當然要充滿異國風情的越南情調。把我們家的各種小擺飾拿來就能輕鬆搞定。比方說抱枕啦、布啦、椅子啦。店員一律穿著刺繡涼鞋和越南旗袍。」

她說。

「越南旗袍？我這種水桶身材沒信心穿那個。」

我說。

「在那之前變瘦就好了，我們一起去越南做衣服。量身訂做。」

SAKI笑了。

我們在紙上畫出利用老家面向院子的簷廊到走廊之間打造的咖啡店格局，二人熱心思考裝潢。也想了一下招牌如何設計。甚至想到招牌上的圖案可以用幾近免費的價格請我服務的繪本作家描繪。

後來SAKI太用力撐著不肯睡覺導致已經半翻白眼，於是我宣布該就寢了，關燈後去沖澡。

對了對了，有人來過夜時我都會請對方先洗澡，所以我必須使用濕淋淋的浴室，好像連馬桶座都變得濕濕的，有種一個人時絕不可能出現的不快感，不過有人陪伴的樂趣與之相互抵消等於扯平了——我如此想起。

也想起迄今交往過為數不多的男友們裸體的背影。

與人為伍，對個人而言極不自然，但就物種而言卻是極為自然的行為。那種自然程度就像野草會四處蔓延，就像沼澤底下扭動的不明生物會蠕動著逐漸成長，也包含了那樣的意味。

切不可忘記那種感覺。人的體臭，呼吸，手心的暖意，潮濕的溫熱。如果對這些東西純粹只覺得噁心，身為物種的自己就岌岌可危了。

與陌生人在爆滿的電車摩肩擦踵，和心愛的人在身旁散發體味其實是不同的，而身體忘了這點。變得遲鈍，把他們囫圇歸為同一類別。

渴望在二者之間取得平衡的意欲突然湧現。

明明直到剛才還在想「見到SAKI會讓我想起哥哥所以真不想看到她」或「男人在家裡打轉會弄得很髒所以暫時都不需要男朋友」。明明唯一的安心慰藉就是在獨居的住處泡澡或喝啤酒盡情觀賞喜愛的電影。

洗完澡出來一看SAKI已保持那個姿勢睡著了。

她完全沒蓋被子，一手拿著漫畫，一手拿筆。頭上是彩繪的未來咖啡店藍圖。

我覺得，這種感覺真好。

光是望著沉睡的SAKI就會元氣百倍。

並不是因為她擁有我所失去的。

而是因為她能夠讓我如此輕快、不自覺地想起那些或許我還擁有，卻得每天刻意想起琢磨的東西。

早上醒來，SAKI已經在百無聊賴地看漫畫。

我匆匆盥洗，給她倒了果汁，我自己喝咖啡。

「夜晚過去了，真沒意思。已經是早晨了，唉。」

她泫然欲泣地說。

「我不小心就睡著了。」

「早晨也很好呀。充滿光明。」

我說。

睡前吃太多零食導致臉部浮腫，看著雙眼浮腫大口喝果汁的自由自在的SAKI，我也想起了今日只此一回。

「感覺很像旅行後的心情。今天我可以待到傍晚再走嗎？」

她說。

「反正我也閒著，可以呀。要不要去奶奶家繼續吃蝦仁炒飯？」

我說。

「嗯，晚上怕媽咪會寂寞所以不能不回去，但中午到傍晚這段時間要是可以去奶奶家就好了。如果是蝦仁炒飯我每餐都吃也沒問題。奶奶她會在家嗎？」

她說。

「這樣啊，妳對媽咪還有這樣的體貼啊，但願媽咪也察覺到妳這種成熟懂事就好了。」

我說。

「過一陣子等她比較放鬆了大概會察覺。」

SAKI小聲說。

我們搭乘電車回老家，繼續思考咖啡店的格局。

「把這裡打掉，這邊堵起來，做個吧台就行了。」

「可是這樣和廚房的動線不合適吧？或許蓋個別館還比較省事。」

一邊如此討論。

就連我媽都跟著湊熱鬧，

「這樣的話，一天打算做多少份蝦仁炒飯？」

她插嘴說。

好像真的會實現，立刻就有那家「魯夫（暫稱）」咖啡店出現眼前的氣氛瀰漫。

「今天的蝦子沒有妳哥哥的蝦子那麼好。」

自那場悲劇發生後老了很多的母親一邊這麼說，瘦小的身影背對我們忙著做蝦仁炒飯。

小時候，凝視那個背影的我身旁總有哥哥在。

現在在我身旁的是哥哥的孩子。

同樣理所當然的鬱悶。以及一切都已改變的驚愕。讓人無法悠然以對的複雜心境湧現。

我們替哥哥也裝了一小盤擺在桌上，抱著他正與我們共餐的心情大快朵頤。

「這個場面要是SAKI的媽咪也在就好了。」

母親說。

「她現在情緒不穩定。」

SAKI悲傷地說。

即便是再怎麼荒腔走板的媽咪，對SAKI而言，媽咪仍是全世界最重要的人。我心想這點萬萬不可忘記。

不知嫂子與SAKI的關係今後會日漸改善還是會變得更糟。各種可能性都有，但此時此刻的SAKI很重視媽咪，這點我們必須尊重。

即便對我來說是毫無關係的外人，對這孩子而言卻是母親。

對我來說是母親，對這孩子來說是奶奶，對這孩子的媽咪而言卻是外人。

我再次感嘆這個事實的不可思議。

那樣的關係不可能融洽，所以做人很辛苦。

不過只要保持從容大度的心態，遲早有一天自然會各安其位各得其所，這點也很厲害。

我不禁衷心認為，既然有這種搞定奇妙事態的能力，人類應該甚麼事都做得到。

三人在家中描繪「魯夫咖啡館（暫稱）」一邊聊天，結果忘了時間。

無關實現與否，總之只要暫時這樣專心思考，便可忘記此刻彷彿懸宕在半空的心情。就是那樣的感覺。不，SAKI或許並非如此，或許只有SAKI是認真的。

對我而言現在的工作沒啥前途，對母親而言痛失愛子、被奪走今後期盼的種種煩惱皆可藉此徹底拋諸腦後。

「我是認真的，認真想做。就算轉學也想做。想趕快長大。」

SAKI 一再如此強調。

說到最後語氣已經認真得像在生氣。

「真囉嗦，如果真有那麼一天我就奉陪到底。」

我說。

「如果有一天我的作家過世，我媽還健在，妳家有了新爸爸，妳媽咪同意讓妳住在奶奶家，這些因素全都剛好湊到一起的話。」

「一定會有那一天。這種事，通常都會很順利。」

SAKI 說。

「妳不能和媽咪住不會難過嗎？不會太勉強？」

我問。

我們並肩坐在簷廊，正吃著最愛的西瓜當飯後甜點。

想到這顆西瓜或許是今年最後的西瓜了，我不禁哼起最愛的歌。

（今年最後的冰沙，最好冰得鼻腔發酸）

以前還住在老家時，我經常在這裡一邊吃西瓜一邊像現在這樣仰望藍天，聽的就是這首歌。

夏天又要過去了。

想必又將有一整年都見不到西瓜吧，除非我突然有筆收入，能夠去溫暖的越南。

但來年我大概又會理所當然地吃著西瓜吧。只要肉體還在。不管是失去哥哥，或哪天失去母親，都不會改變。

不會改變的事，頂多只有這個程度。

然而，今年夏天不似去年夏天。而來年夏天肯定也會帶來種種變化，然後逝去。這是多麼平庸、理所當然、塞滿平凡無奇各種瑣事的歲月啊。

雖然我已失去越南與雙胞胎這二大優勢，但這樣的人生也不壞。

「實在不行的話，只要晚上回去睡覺就好。從這裡回我家只需換一趟車。我讀完高中就夠了。那是近在眼前的將來。」

SAKI想了一下後如此淡然回答。

對對對，就這樣不斷超越極限吧！我暗想。

「西瓜其實已經不甜了。」

母親坐在桌前說。

「這表示秋天就要到了。」

我扭頭對母親說。

看到母親的神色有點開朗，我鬆了一口氣。

我暗自慶幸著，開店計畫好歹總算讓母親的心中又亮起一大家子共同生活的希望之光。

我們塞滿一肚子的蝦仁炒飯與西瓜才離開老家，走向車站。

離別的路上總是有點寂寞。

不知怎地我又想起了為數不多的幾個前男友。

共處了一夜又幾小時，吃了種種東西，聊了種種話題，已經到了就算黏在一起也無事可做的地步。那種勉強硬要與他人共處時特有的倦怠感，與SAKI共度之後也有。

我又鮮明想起那種很想趕快一個人回家睡覺，卻又有點依依不捨的心情。

就連八十高齡的作家老師都交了女友，我居然得靠侄女來過夜才能回想起與他人共度的感觸，可見我的戀愛能力每下愈況，不妙啊不妙。我如此暗忖。

「SAKI，我送妳回家。反正我今天閒著沒事。」

我說。
「不用了，只要教我怎麼換車就行了。逼不得已時我也想把奶奶家列入蹺家投靠的名單，所以我想記住搭車路線。」
她說。
「因為我覺得，只要能多增加一項樂趣，多增加一處避難場所，大抵上的事情應該都能躲過。」
「好吧。我傳簡訊教妳怎麼換車。」
說著，我把換車順序及注意事項傳到她的手機。
「阿崎，妳對我過度保護。」
SAKI笑了。
「我怕妳被壞人盯上。我看我還是一起去吧，這樣可以在路上一邊教妳怎麼換車。順便也去見妳媽咪。我要告訴她，妳隨時可以來我家住。」
啊啊真麻煩，怎麼會這麼麻煩。
無論是繪本作家還活著大談黃昏之戀，或是作家會在不久的將來過世，乃至我將因此失業。
無論是意外成真的開店計畫，或是想必會時有時無的戀愛，還有SAKI長得像哥哥，SAKI來我家過夜，嫂子和我媽關係欠佳，嫂子展開第二春，今後SAKI進入青春期與嫂子的男朋友（雖未見過卻讓我感到好像非常熟悉的村田先生這個人）的關係在心情上想必會越發錯綜複雜等等，全都很麻煩。

然而，換言之活著就是這麼回事，想通這點後更麻煩。

我壓根不想連哥哥的分一起活著。

只是一邊想著好麻煩一邊努力過我自己的人生罷了。

妳老是穿同樣的衣服耶，妳老是聽同樣的音樂耶，妳好像過著一成不變的每一天——這樣被人批評的我，就像推土機一樣堅韌有力地克服每一天。

用意外的方法越過麻煩之海之際，乍看之下超平凡，想想又很大膽。

與SAKI並肩搭乘電車時，腿部互相碰觸很溫暖。

我心想，這樣很像夏天從海邊回來的路上。

搭乘假日傍晚的電車會有點寂寞。

一旦有了閒暇，平時做的事情好像全都變成徒勞變得虛幻，心情頗奇妙。

或許，就是為了忘記這種可怕，大家才會朝著明日的工作日預定行程硬著頭皮邁出步伐吧。

夕陽沉落遠處的大樓，都市氤氳的雲層變成微帶螢光的橙色，流麗渲染大樓窗子。茫然望著那種景象，太缺乏明確的事物，令我不禁愕然。

唯有填飽小生物的肚子，替不知不覺變得太小的鞋子買新鞋替換，做這些事的時候，人們才能忘記寂寞。

所以，美國原住民部落在新生兒誕生時才會那麼喜悅吧。為了確信身旁仍有未知的將來，他們會抱起嬰兒，親吻嬰兒，聚餐慶祝新生命的加入。

正在這麼浮想之際，SAKI突然開口：

「我覺得，現在，很像那種感覺。我是說蛤蜊。」

「蛤蜊？」

赫然回神的我問道。SAKI又說：

「蛤蜊不是裡面有肉嗎？我覺得自己就像突然變成那個。爸比一死，突然從堅硬的貝殼中袒露出來，赤裸裸無處遮掩。我能夠適應嗎……肯定會適應吧！除了去適應別無他法嘛。」

我有點悲愴。然後我說：

「沒甚麼好適應的。就連我，現在看到晚霞都還會想，哥哥的死亡要是全都是假的該多好。他只是待在越南，改天還會回來，到時候大家共聚一堂妳也不用當夾心餅乾肯定比較輕鬆。就連身為大人的我都這樣。妳當然更不用勉強硬撐。」

「是嗎？可是，如果不咬牙硬撐反而會變得更難受耶。」

SAKI以當事人特有的冷靜態度說。接著又說，

「不過，不知怎地只有和阿崎及奶奶在一起時，會稍微想起躲在那貝殼裡的輕鬆安逸。這種感覺，媽咪想必一輩子都不會懂。果然是遺傳基因在高興嗎？」

「也許吧。肯定不只是心情的問題。體內深處八成也有深不可測的部分。」

我說。

「況且，阿崎既然不肯背叛長年服務的老先生老太太，那我想妳應該也不會背叛我。」

SAKI說。

關於我那份工作，從來沒有得到這種類型的正當評價，因此我有點開心。

——做了這麼久啊，虧妳能撐到現在，老師也有點老年失智了所以妳一定很辛苦吧？妳打算做到甚麼時候？沒問題嗎？不會感到不安嗎？有沒有領到薪水啊？

這種話倒是經常聽到。

我想聽的，或許就是SAKI講的這種話。

或許就是因為這樣才會繼續工作。

「SAKI，妳儘管背叛沒關係喔。」

我說。

「妳可以完全忘記我，夢想著各種職業放心大膽地盡量嘗試。不要說甚麼和奶奶及姑姑在半吊子鄉下的住宅區開店這種小家子氣的話。妳要去設想更輝煌燦爛的人生。」

「妳不要這麼說。現在，和阿崎還有奶奶開店就是我唯一的生存意義了。就因為有那個，我才能夠忍受晦暗陰濕的日子。」

SAKI拗起來。

「那樣當然也不錯。但是，千萬不要被那個綁住了。」

我說。

「我相信妳爸比鐵定也這麼想。」

「那可難說。誰知道哪個部分會變成真的。我認為，我說的夢想其實包含預算在內都挺實際的。」

她說。

「搞不好妳比任何人都實際喔。」

我笑了。

在SAKI家的玄關門口，我把SAKI交給嫂子。

嫂子叫我進去喝杯茶再走，被我婉拒了，但最後還是在SAKI的催促下進屋坐了一會。

客廳依然裝飾著大量越南裝潢風格的布料與刺繡，窗邊擺著哥哥的照片與全家福照片。

端來冰蓮茶給我後，嫂子用略顯尖刻的聲調責備SAKI的突然翹家。

SAKI頓時露出小朋友使性子的倔表情，臭臉一撇就躲回自己房間去了。嫂子滿臉困窘地說，不好意思喔，阿崎。

「嫂子就算為難時還是美人。」

我這麼一說，

「妳講這甚麼傻話，不過，妳哥也經常這樣說。」

嫂子說著淚中帶笑。

所有的人，都努力試圖填補「失去」形成的巨大空洞，不管怎麼想，一切的一切果然都是這段期間兵荒馬亂的人間喜劇。

「我們畢竟是雙胞胎。」

我微笑。

「SAKI隨時都可以去我那裡住。有這樣的場所，大家肯定也都會比較輕鬆。我絕對不會干涉SAKI的教育問題，但就長遠的角度而言，還是大家一起撫養她吧。」

「這樣很像越南的家庭。」

嫂子笑了。那如同向日葵的笑顏，正是哥哥的最愛。

拿著嫂子送的大量冷凍蝦子，我搭上電車。

最後，

「SAKI，我要走囉。」

我探頭朝SAKI的房間一看，她捧著漫畫稍微抬起頭，

「拜拜，謝了，我改天再去找妳。」

她說著落寞地微微揮手。

那間屋子今後想必還會有許許多多的哭泣吧，這麼一想，不由心頭一緊。

終於回到自己的住處，已經入夜了。

SAKI睡過的被子摺疊得整整齊齊，沒喝完的果汁杯子還放著。

一旁擺的是夢想中的咖啡店設計圖。

我忽然有一點點想哭，重重撲倒在自己的床上。
「累死了——步調被打亂就覺得好累。」
我咕噥，但那是心情爽快的疲累感。
我想，今後應該找來更多更多會打亂步調的事情才對。
小寂寞與大寂寞，全都在其中溶解就好。
小睡片刻，醒來之後，就用嫂子給的蝦子做乾燒蝦仁吧……我如此盤算著，已倏然沉入即將昏睡的世界。
一閉上眼，不知怎地就浮現木製吧台和蝦仁炒飯，還有略帶南國風情的老家院子，以及穿著越南旗袍的母親。不妙啊不妙，「魯夫（暫稱）咖啡屋」已在腦中的世界化為現實的一部分堂皇誕生。雖然那個空間現在並不存在，將來或許也無法存在，但它想必會在三人的心中以同樣的感覺存在吧。八成會各自在不同的時間點驀然浮現想像中的咖啡店。
腦內世界怎會如此自由啊，真好，我在睡夢中露出笑顏。一邊想著，害我又想起哥哥八成會滿臉哭笑不得地說「妳這傢伙真的很健康」。

後記

在跳蚤市場或餐會偶爾會遇見早希。

她擅長繪畫，穿著母親親手縫製的漂亮衣服，想必個性也有種種無厘頭之處但總之就是有種令人無法討厭的可愛，讓大家如沐春風，雖然已經三十幾歲卻仍保有少女氣息，就是那樣的女子。

當大家喊她名字時，「早希（SAKI）」這二字的音調中，蘊含難以言喻的開朗、快活、無法不理會她……種種情緒，我想當下的日本肯定有許多這樣無可取代的SAKI不起眼地散布各地。

於是，我起意描寫各種SAKI置身的夜晚。

雖是臨時起意，但在書寫這個系列的途中父親過世，用眼過度導致視力模糊，只能不斷點眼藥水咬牙硬撐，也曾被迫長期中斷，歷經種種波折，但我終究還是在這些算是出生於艱難時代，仍不忘快活過日子的SAKI們身上，寄予溫柔情懷，只盼能寫出讓讀者也擁有希望的作品。

在別府溫泉的露天浴池和《新潮》的責任編輯加藤木禮小姐裸著身子，一邊仰望星空，一邊討論「我認為封面最好請星余里子小姐來畫！」「好主意耶，好像已經浮現出那樣的畫面了」，也是這本書特有的幸福小插曲。

我真的很喜歡星小姐畫的成熟人物（當然也喜歡貓咪）的風格與氛圍，總是盯著一張又一張的畫作愛不釋手。星小姐，謝謝您願意配合我們臨時的請託。

負責設計的望月玲子小姐，書籍部的齋藤曉子小姐、古浦郁先生、《新潮》總編輯矢野優先生，謝謝你們讓我愉快地完成本書。

但願他日還能和這批原班人馬一起做書。

二〇一三年二月

吉本芭娜娜